Klaus Kiwitmeyer
Clanless

Klaus Kesemeyer

Giantess

Fetisch
Fantasy
Roman

© 2013 Klaus Kesemeyer, Düsseldorf

Herstellung und Verlag:
BoD – Books on Demand, Norderstedt

Titelbild:
© olly – Fotolia.com

ISBN 978-3-7322-3579-7

> Bibliografische Information der
> Deutschen Nationalbibliothek
> Die Deutsche Nationalbibliothek verzeichnet diese
> Publikation in der Deutschen Nationalbibliografie;
> detaillierte bibliografische Daten sind im Internet
> über www.dnb.de abrufbar.

»Klein ist fein, fein ist klein.«
(Zauberspruch einer alten Zigeunerin)

Aileen schaut noch einmal in den Spiegel, bevor sie sich auf den Weg zur Arbeit macht. Ein Meter siebzig groß, schwarzgelockte Haare, die bis zur Schulter reichen, schlanke Figur, gepflegt, alles in allem ganz schön sexy. Sie arbeitet als Sekretärin in einer großen Druckerei und kommt durch ihre vielen Überstunden auf ein gutes Gehalt. Eigentlich müsste sie keine Überstunden machen, denn ihr Gehalt und das ihres Mannes würden reichen, um ein gutes Leben zu führen, aber Aileen macht so viele Überstunden, wie es nur geht, um so wenig Zeit wie möglich mit ihrem Mann verbringen zu müssen, denn dieser ist ein Choleriker und wird immer aggressiver.

Beide sind achtundzwanzig Jahre alt und seit acht Jahren miteinander verheiratet. Natürlich hatten Aileens Freundinnen sie gewarnt, aber sie war Hals über Kopf verliebt in Dean. Das war damals, heute hat sie nur noch eine einzige Freundin und das ist Sarah, ihre Arbeitskollegin.

Wie oft hatte Sarah sie getröstet? Wie oft wollte sie ihr bei der Trennung behilflich sein? Doch Aileen liebte ihren Dean immer noch und hoffte, dass er sich irgendwann wieder ändern würde.

Aileen zupft ihr Haar noch einmal zurecht und verlässt das Haus. Sie steigt in ihren Kleinwagen und macht sich auf den Weg zur Arbeit. Eine halbe Stunde quält sie sich durch den Verkehr und ist froh, als sie das Büro betritt. Hier wird sie respektiert und nicht wie der letzte Dreck behandelt. Hier brauchte sie keine Angst vor Dean zu haben. Hier wurde sie nie gedemütigt, oder geschlagen.

Sarah geht auf Aileen zu und nimmt sie in den Arm.

»Hallo, Süße, geht es dir gut?«

»Ja, Sarah, das Wochenende ist überstanden, jetzt geht es mir gut.«

Sarah schaut in Aileens Gesicht. »Hat Dean dich wieder geschlagen? Dein Auge ist angeschwollen.«

Aileen dreht sich verschämt weg und setzt sich an ihren Bürotisch. »Nein, ich habe mich im Keller gestoßen«

»Aileen?«, fragt Sarah ungläubig.

»Ach, Sarah, du hast ja recht, er hat mir eine gelangt, aber ich war ja selber schuld.«

»Warum denn das?«

»Ich hätte sein Bier früher in den Kühlschrank stellen sollen, es war nicht kalt genug«, erwidert Aileen und schluckt.

»Mensch, Aileen, dieser Mistkerl schlägt dich irgendwann tot.«

»Er wird sich schon wieder ändern, er liebt mich doch.«

Sarah schüttelt mit dem Kopf und setzt sich an ihren Schreibtisch.

Der heutige Tag in der Firma ist hektisch und Sarah und Aileen sind froh, als sie in die Mittagspause gehen. In der Kantine holen sich beide ihr Mittagessen und setzen sich wie immer nebeneinander.

»Sollen wir nach Feierabend noch irgendwo etwas trinken gehen?«

»Sarah, du kennst doch Dean, er mag es nicht, wenn ich zu spät nach Hause komme.«

»Du machst jeden Tag vier Überstunden, dann machst du heute eben keine und wir amüsieren uns etwas.«

»Ein anderes Mal, Sarah, aber Danke für das Angebot.«

Sarah verzieht ihr Gesicht und schüttelt wie fast immer mit ihrem Kopf. »Könntest du Dean eigentlich schlagen?«

»Um Gottes Willen, er würde mich windelweich hauen, wenn ich es versuchen würde.«

»Hasst du deinen dämlichen Dean eigentlich nicht, so wie er immer mit dir umgeht?«

Aileen hebt ihren Kopf und denkt nach. »Ein wenig schon, aber wie gesagt, er will sich ändern und wenn er wieder der alte ist, dann ist alles wieder gut.«

»Wenn du ein starker Mann wärst, würdest du dir dann immer noch alles von ihm gefallen lassen?«

»Nein«, antwortet Aileen. »Ich würde ihn richtig verhauen.«

»Ach, Aileen, ich würde dir so gerne helfen, aber du lässt es ja nicht zu.«

»Danke, Sarah, ich weiß es zu schätzen, aber es wird bestimmt wieder, ich hoffe zumindest darauf.«

Beide begeben sich wieder ins Büro, um mit ihrer Arbeit fortzufahren. Um sechzehn Uhr erhebt sich Sarah und freut sich auf den Feierabend.

»Geschafft, ich mach jetzt Feierabend, meine Liebe.«

»Dir einen schönen Abend Sarah, ich hab noch eine Menge zu tun.«

Sarah nickt genervt und verlässt das Büro, während Aileen wie immer ihre vier Überstunden macht, um nicht so früh zu Hause zu sein.

Spät am Abend kommt sie endlich heim und schließt die Haustüre auf.

»Hallo, Dean, mein Schatz, ich bin zu Hause.«

»Hi, Aileen, wurde ja auch mal Zeit, bringst du mir ein kühles Bier aus der Küche mit?«

Aileen geht in die Küche und holt die letzte Flasche Bier aus dem Kühlschrank. Sie geht ins Wohnzimmer und überreicht Dean die Flasche. Der Fernseher läuft und Dean öffnet die Flasche Bier und setzt sich diese an den Hals.

»Ah, lecker.«

Aileen will gerade in die Küche, um diese aufzuräumen, da setzt sich Dean aufrecht, aufs Sofa.

»Sag mal, ist dir irgendetwas aufgefallen, Aileen?«

Aileen schaut sich um und schüttelt mit dem Kopf. »Nein Dean, was gibt es denn?«

»Bist du so blöd, oder tust du nur so?«, meckert Dean. »Das war die letzte Flasche Bier, die im Kühlschrank stand, oder?«

»Ja, Dean«

»Dann sieh zu, dass der Kühlschrank wieder voll Bier wird!«

»Ja, mache ich sofort, Dean«, antwortet Aileen mit leiser Stimme.

Sie geht in den Keller, holt neues Bier und füllt den Kühlschrank. Anschließend räumt sie das Haus auf und geht unter die Dusche. Müde setzt sie sich nach der ganzen Arbeit zu Dean ins Wohnzimmer.

Dean betrachtet Aileen. »Du könntest dich ruhig abends etwas hübscher machen für mich.«

»Sei nicht böse, Dean, aber ich bin echt kaputt.«

»Kaputt? Wen interessiert das, ich will heute Sex mit dir!«, schnauzt Dean. »Los, verwöhne mich!«

Zitternd setzt sich Aileen neben Dean und krault seinen Nacken.

Er öffnet den Reißverschluss seiner Hose.

»Blas mir einen, Baby!«

»Können wir nicht morgen, Dean?«

Er fasst mit der Hand ihren Hinterkopf und drückt Aileens Gesicht zwischen seine Beine. »Fang schon an und frag nicht immer so blöd!«

Aileen bläst Dean einen, bis er seinen Orgasmus bekommt, und ist froh, dass sie endlich schlafen gehen kann. Sie erhebt sich und will das Wohnzimmer verlassen. Jack erhebt sich auch und fasst Aileen an den Kragen ihres Pullovers.

»Wer ist es?«, zischt er.

»Wer ist was?«

»Du betrügst mich doch bestimmt.«

»Nein, Dean, ich habe dich noch nie betrogen.«

»Lüg mich bloß nicht an, in deiner Firma sind sie doch alle scharf auf dich.«

»Nein, Dean, ich liebe dich doch.«

Dean lässt Aileens Kragen wieder los. »Wenn du mich jemals betrügst, bring ich dich um!«

Aileen nickt.

»Und jetzt setz dich wieder hin, oder glaubst du, ich will alleine vor der Flimmerkiste sitzen?«

Aileen setzt sich wieder und starrt auf den Fernseher. Während ihre Augen immer wieder vor Müdigkeit zufallen, leert Dean genüsslich seine Biere.

Aileen schaut ihn zu später Stunde an. »Sarah möchte mal mit mir ausgehen, Dean.«

Deans Augen verwandeln sich in Schlitze. »Was? Ausgehen mit dieser Lesbenschlampe, du spinnst doch, Aileen. Du wirst nur mit mir ausgehen, damit das klar ist!« Dean schaltet den Fernseher aus und erhebt sich. »Komm, wir gehen ins Bett, ich will noch Sex!«

»Ich bin zu müde, Dean, bitte.«

Dean holt mit seiner Hand aus und gibt Aileen eine Ohrfeige. »Du verweigerst dich? Sieh zu, dass du schleunigst ins Schlafzimmer kommst, bevor ich ausraste!«

Aileen erhebt sich weinend, geht ins Schlafzimmer und entkleidet sich, um für Dean bereit zu sein. Wimmernd lässt sie alles über sich ergehen und ist froh, dass sie endlich schlafen darf.

Um sechs Uhr schellt der Wecker und die Nacht war kurz. Aileen eilt ins Badezimmer, huscht unter die Dusche und betrachtet sich anschließend im Spiegel. Sie entdeckt einen kleinen gelben Fleck auf ihrer Wange, den sie gut überschminkt. Wieder hat Dean sie geschlagen und wieder ist Aileen traurig. Ihr ist bewusst, dass sie eine höllische Angst vor Dean hat und weiß nicht, wie lange sie dieses Leben noch aushält. Als sie gefrühstückt hat und sich auf den Weg zur Arbeit machen will, erscheint Dean im Flur.

»Aileen, bring nach Feierabend noch drei Kisten Bier mit. Ich habe zwei Kumpels zum Pokern eingeladen, du fährst ja eh am Getränkeladen vorbei. Und zieh dir heute Abend etwas Hübsches an, ich möchte stolz sein auf meine Frau.«

Aileen nickt und verlässt mit gesenktem Blick das Haus. Im Auto sitzend heult sie erst einmal wie ein Schlosshund. Nach einigen Minuten hat sie sich wieder gefasst und fährt ins Büro.

Sarah begrüßt Aileen herzlich im Büro und ahnt wieder Schlimmes. Sie streichelt ihr über die Wange und schaut Aileen an. »War es wieder so schlimm, Süße?«

Aileen nickt und ihre Augen werden feucht. Sarah will nicht noch nachhaken und beide erledigen ihre Arbeit. Sarah macht wie immer vier Stunden früher Feierabend und Aileen quält sich bis acht Uhr durch ihre Unterlagen. Endlich ist auch sie fertig und macht sich auf den Weg zum Getränkemarkt, um ihren Gatten zufrieden zu stellen.

Aileen kauft drei Kisten Bier und noch einige andere alkoholische Getränke, um Dean damit eine Freude zu machen. Langsam schiebt sie den schweren Einkaufswagen aus dem Getränkemarkt und bemerkt am Ausgang eine bettelnde ältere Zigeunerfrau, die auf einer Bank sitzt. Die Zigeunerin zeigt ihr an, dass sie Hunger hat. Aileen hält mit ihrem Einkaufswagen bei der Zigeunerin, zückt ihre Geldbörse und reicht der alten Frau zehn Euro. Die Zigeunerin nimmt das Geld dankend an und deutet Aileen an, dass sie sich neben ihr setzen soll. Obwohl Aileen keine Zeit verlieren will, um Dean nicht wütend zu machen, setzt sie sich.

»Du gute Frau«, sagt die Zigeunerin.

Aileen lächelt und die Zigeunerin nimmt ihre Hand. Sie fühlt mit ihrem Daumen an Aileens Handinnenfläche.

»Du traurige Frau.«

Aileen rinnen einige Tränen über ihre Wangen.

»Du nicht verdienen, traurig sein. Du haben keine gute Mann?«

Aileen schüttelt leicht den Kopf und die Zigeunerin streichelt ihre Hand und nickt.

»Du keine Sorgen mehr machen, du gute Frau.«

Die Zigeunerin fasst in ihre Manteltasche, kramt eine winzige Pille heraus und legt diese in Aileens Hand. »Ich sehen, deine Mann ist nix gut. Du geben Pille deine Mann, dann alles gut.«

Die Zigeunerin erhebt sich, streichelt Aileen übers Haar und murmelt vor sich hin, als sie fortgeht. »Klein ist fein, fein ist klein.«

Aileen erhebt sich ebenfalls und packt die Einkäufe in ihren Wagen. Sie schaut auf die Pille und steckt sich diese in die Manteltasche und fährt los.

»Verrückte Zigeunerin, aber lieb und nett«, schmunzelt sie.

Zuhause angekommen, füllt Aileen den Kühlschrank mit Getränke und will es sich im Wohnzimmer ein wenig bequem machen.

»Schatz, mach doch ein paar Schnittchen, damit unsere Gäste gleich keinen Hunger schieben müssen, und zieh dir etwas Anderes an, ich will nicht, dass du so geil herumrennst, wenn du uns bedienst.«

»Aber, du hast doch gesagt, ich soll etwas Schönes anziehen.« Aileen erhebt sich und geht in die Küche, da sie keinen Nerv darauf hat, dass Dean wieder einen Anfall bekommt. Als sie alles zubereitet hat, richtet sie den großen Esstisch im Wohnzimmer hübsch her und bekleidet sich anschließend mit einer Jeans und einem Pulli.

Kurz darauf erscheinen Deans Freunde und nehmen im Wohnzimmer ihren Platz am Tisch ein.

Aileen ist angeekelt von Deans Freunden. Beide sind korpulent, ungepflegt und haben eine ordinäre Sprachweise. Die Männer beginnen mit ihrem Pokerspiel und Aileen bedient sie mit kaltem Bier. Sie stellt kleine Gläser auf den Tisch und bringt eine Flasche Cognac und eine Flasche Ouzo.

»Das habe ich euch noch mitgebracht, um euch zu überraschen.«

»Das ist meine Frau, habt ihr auch so etwas zu Hause?«, lacht Dean seine Kumpels an.

Diese verneinen und lästern über ihre Frauen. Aileen will sich das Gequatsche nicht antun und verschwindet in die Küche. Alle zwanzig Minuten brüllt Dean nach ihr und verlangt neues Bier.

Die Männer pokern bis in die Nacht und Aileen ist hundemüde. Endlich verabschieden sich die Gäste und sind volltrunken.

Dean kommt wankend zu Aileen in die Küche und schubst sie, so dass sie auf den Küchenboden fällt.

»Du hättest dich ja wenigstens von den beiden verabschieden können«, mault er.

Aileen erhebt sich und bekommt auch schon eine Ohrfeige von Dean.

»Zieh dir was Geiles an, ich will es noch mit dir treiben!«

»Aber Dean, du hast so viel getrunken«, antwortet Aileen mit feuchten Augen.

»Na und, dann dauert es eben etwas länger, oder hast du ein Problem damit, sei froh, dass ich es dir besorge.«

Aileen geht mit gesenktem Blick an Dean vorbei und verschwindet ins Schlafzimmer, um sich sexy zu kleiden. Dean kommt hinzu und schubst Aileen aufs Bett, um sie gewaltsam zu nehmen. Aileen spreizt ihre Beine und lässt alles über sich ergehen. Irgendwann ist Dean endlich fertig, dreht sich auf die Seite und schläft ein.

»Er bessert sich nie«, flüstert Aileen. »Ich kann das nicht mehr, ich halte es nicht mehr aus.«

Aileen schluchzt sich in den Schlaf. Am Morgen steht sie alleine auf und macht sich auf den Weg zur Arbeit.

»Dir geht es nicht gut, nicht wahr«, fragt Sarah.

Aileen blickt zu ihr auf und weint. »Ich halte diese Vergewaltigungen von Dean nicht mehr aus. Gerne mag ich Sex, gerne auch mehrmals die Woche, aber dieser Kerl ekelt mich langsam an, er behandelt mich wie eine Sklavin und nicht wie eine Frau.«

»Dann verlasse diesen gewalttätigen Idioten endlich«, zischt Sarah.

Aileen überlegt und verneint. Sie erinnert sich an die Zigeunerin und an die Pille, die sie noch in ihrer Manteltasche hat. Sollte sie an solche Märchen glauben? Ob da was dran ist, was die Zigeunerin erzählt hat? Blödsinn. Oder vielleicht doch?

Aileen beschließt, Dean heute Abend einfach mal die Pille ins Bier zu schmeißen und abzuwarten, was passiert.

Der Arbeitstag neigt sich dem Ende entgegen und Aileen verlässt, wie immer, als letzte das Büro.

Als sie die Haustüre aufschließt, vernimmt sie schon Deans Stimme.

»Hallo, Schatz, ich hab wohl gestern zu viel getrunken und ins Schlafzimmer gekotzt, kannst du es gleich sauber machen und mir auf dem Rückweg ein Bierchen mitbringen?«

Aileen schüttelt verständnislos den Kopf und geht ins Schlafzimmer, um Deans Sauerei zu beseitigen. Wütend schmeißt sie ihren Mantel aufs Bett.

»Irgendwann bin ich weg«, flucht sie. »Wenn ich ihm körperlich überlegen wäre, ich würde ihm alles heimzahlen, ich würde ihn auch jeden Tag vergewaltigen, schlagen und demütigen. Wenn ich doch nur nicht so eine Angst vor ihm hätte«, zischt Aileen.

Endlich ist sie fertig mit Reinemachen und schaut auf ihren Mantel.

»Die Pille!«, sagt sie sich. »Jetzt gebe ich ihm diese blöde Pille, hoffentlich hat mein Leid dann endlich ein Ende, so wie es die Zigeunerin versprochen hat.«

Aileen nimmt die Pille aus der Manteltasche, geht in die Küche, öffnet eine Flasche Bier und steckt die Pille hinein. Sie geht ins Wohnzimmer, reicht Dean das Bier und setzt sich aufs Sofa. Aileen beobachtet, wie Dean die Flasche Zug um Zug leert. Sie muss ihm eine neue Flasche aus der Küche holen und nichts ist passiert.

»Diese Ammenmärchen«, denkt sich Aileen. »Und ich blöde Kuh glaub auch noch daran.«

Beide sitzen im Wohnzimmer und starren auf die Flimmerkiste. Nach einer halben Stunde fallen Deans Klamotten zusammen und er ist weg.

Aileen zittert.

»Was ist das? Dean?«

Nur noch Deans Anziehsachen liegen auf dem Sofa.

»Dean?«, fragt Aileen verwirrt. »Dean!«, schreit sie.

Aileen schaltet den Fernseher aus und vernimmt eine ganz leise Stimme. Aileen hebt Deans Anziehsachen hoch und schüttelt diese ein wenig. Verdutzt schaut sie, als Dean herausfällt und auf dem Sofa liegt. Er ist nackt und nur noch so groß wie ein Kugelschreiber.

»Was ist das denn?«, fragt sie ungläubig.

Sie geht mit ihrem Ohr nah an Dean, um zu verstehen, was er schreit.

»Aileen, was ist passiert? Hilfe! Ich bin geschrumpft, wie geht denn so etwas?«

Aileen setzt sich wieder hin und lacht laut. Sie erinnert sich an die Worte der Zigeunerin und versteht nun dessen Bedeutung.

»Klein ist fein und fein ist klein, hahaha! Du bist ein Zwerg, nur noch so groß wie ein Kugelschreiber, haha! Das ist die Strafe dafür, dass du mich jahrelang so mies behandelt hast, haha!«

Aileen setzt Dean auf ihre Hand und betrachtet ihn.

»Mach mich wieder normal! Wie lange dauert das? Ich versteh es nicht!«, schreit Dean.

»Keine Ahnung mein Kleiner, ich verstehe es selber nicht, aber mir gefällt es. Ich könnte dich in meinen Mund stecken und einfach herunterschlucken, dann wäre es das gewesen für dich, hahaha!«

»Tu das nicht, Aileen, bitte nicht«, jammert Dean.

Aileen stellt Dean auf den Wohnzimmertisch und holt eine große Schüssel aus der Küche, welche sie auf den Wohnzimmertisch stellt und Dean hineinsetzt.

»Hahaha, da sitzt du nun nackt und hilflos in einer Salatschüssel, ich lach mir ein Loch in den Bauch, haha!«

Dean springt verzweifelt in die Höhe, um den Rand der Salatschüssel zu erreichen, doch die Schüssel ist zu hoch, er ist gefangen.

»Nun kann ich endlich mal früh ins Bett, ohne dir zu Diensten zu sein, haha!« Aileen macht den Fernseher aus und löscht alle Lichter und geht ins Schlafzimmer. Sie zieht sich aus, legt sich ins Bett und grübelt.

Wie lange wird Dean so winzig bleiben? War die Zigeunerin eine Hexe? Dass so etwas möglich ist, hätte sie nie gedacht. Morgen wird Dean bestimmt wieder seine normale Größe haben. Hoffentlich war es ihm dann eine Lehre und er behandelt mich vernünftig. Aileen schläft erschöpft ein.

Früh wird Aileen von ihrem Wecker aus dem Schlaf gerissen. Sie erwacht und liegt alleine im Bett. War es gar kein Traum? Gut hatte sie endlich mal geschlafen.

»Dean?«

Aileen zieht sich schnell einen Slip an und rennt ins Wohnzimmer.

Die Salatschüssel steht noch auf dem Tisch und Aileen wirft einen Blick hinein. Dean liegt auf dem Boden der Schüssel und Aileen stupst ihn mit einem Fingernagel an. Dean bewegt sich und reckt sich, während Aileen zu grinsen beginnt.

»Es war kein Traum, wie ist das möglich?«

Dean stellt sich hin und schreit laut, damit Aileen ihn versteht.

»Aileen, hilf mir, wie kann das sein?«

Sie zuckt mit den Schultern. »Keine Ahnung Dean, aber du gefällst mir, so wie du bist, haha!«

Es ist das erste Mal seit Jahren, dass Aileen nicht angemeckert wird, das erste Mal, dass sie sich frei bewegen kann, ohne gedemütigt zu werden. Nachdem Aileen gefrühstückt hat, schmeißt sie einige Brotkrümel in die Salatschüssel und kippt einen Schluck Wasser hinterher.

»Das wird reichen für deinen kleinen Magen, guten Appetit, haha!«

Aileen macht sich fertig und verlässt das Haus.

Dean sitzt in der Salatschüssel, die Brotkrümel sind so groß wie seine Hand und in dem Schluck Wasser könnte er baden.

»Du meine Güte, was ist mit mir passiert? Wann werde ich wieder groß? Aileen muss mir helfen!«

Er knabbert an einem Brotkrümel und trinkt an der Wasserlache.

Dean versucht an der Salatschüssel hoch zu klettern, doch das Glas der Schüssel ist so glatt, dass er immer wieder herunter rutscht.

»Ich muss wieder groß werden, verdammter Mist!«

An der Wohnzimmerdecke entdeckt er eine Fliege und zittert vor Angst. Die Fliege ist so groß wie sein Kopf.

»Hilfe!«, schreit er verzweifelt.

Die Fliege fliegt in die Salatschüssel, doch Dean kann sie in die Flucht schlagen. Er zittert wie Espenlaub und schaut nur noch zum Schüsselrand, um mögliche Gefahren zu erkennen.

Als Aileen ins Büro kommt, staunt Sarah nicht schlecht.

»Mensch, Süße, was ist passiert? Ich habe dich noch nie in einem Rock und so vergnügt gesehen.«

»Das stimmt, Sarah, Dean hat sich endlich geändert.«

»Wie das? Erzähl!«, fragt Sarah gespannt.

»Das ist eine lange Geschichte, aber Dean wird nun immer lieb zu mir sein und mich respektieren. Er schlägt mich auch nie mehr, hat er mir versprochen.«

Sarah rollt mit ihren Augen. »Ja, Ja, lass uns mal abwarten.«

Aileen hat einen fröhlichen Arbeitstag und macht gemeinsam mit Sarah Feierabend.

»Du machst auch schon Schluss?«, fragt Sarah ungläubig.

»Ja, Sarah, ab heute mache ich keine Überstunden mehr, ich freue mich auf Dean.«

»Das freut mich, Aileen, dann lass uns gehen.«

Gemeinsam verlassen sie das Bürogebäude und gehen zu ihren Parkplätzen.

»Ach, Sarah, wenn du demnächst nach Feierabend noch etwas unternehmen möchtest, bin ich dabei.«

Sarah nickt ungläubig und beide treten ihren Heimweg an.

Aileen macht einen kleinen Umweg und hält an einem Sex Shop, welchen sie betritt, um sich einen Analdildo, einen normalen Dildo und einen Vibrator zu kaufen. Jetzt, wo Dean so winzig ist, wird sie es sich ja selber besorgen müssen, was mit Sicherheit schöner ist als der Ekelsex mit dem Tyrannen. Sie hat sich drei hübsche Teile ausgesucht und fährt nach Hause. Aileen schließt die Haustüre auf und genießt diese Ruhe. Niemand brüllt nach ihr und Angst hat sie auch keine mehr. Fröhlich geht sie unter die Dusche und macht sich anschließend eine Kleinigkeit zum Essen. Danach geht sie gespannt ins Wohnzimmer und schaut in die Salatschüssel. Dean sitzt nackt zwischen vielen Brotkrümeln auf dem Schüsselboden.

»Hallo, mein kleiner Tyrann«, freut sich Aileen und fasst Deans Bein, um ihn auf den Tisch zu legen. Mit einem Taschentuch reinigt sie Deans Körper.

»Wenn ich dir ein Bier holen soll, sag's nur, haha!«

Dean verneint. »Aileen, in der Schüssel ist es zu gefährlich, die Insekten bringen mich um, steck mich lieber in eine Schachtel, so lange ich so klein bin.«

Aileen fängt laut an zu lachen, setzt sich aufs Sofa und legt ihre Füße auf den Tisch.

»Komm, mein kleiner Held, lecke mir brav meine Füße, hihi!«

Dean rennt zum Tischrand und schaut auf den Boden.

»Da würde ich an deiner Stelle nicht hinunter springen, das überlebst du nicht!«

Dean sieht ein, dass er einen Sturz vom Tisch nicht überleben würde, und geht wieder zur Tischmitte. Aileen schiebt ihren Fuß zu Dean, sodass er zwischen ihre Zehen steht. Sie drückt die Zehen zusammen und Dean ist nun zwischen diesen eingequetscht.

»Lass das, Aileen, du brichst mir noch die Beine«, jammert er.

»Hab ich dir nicht gesagt, du sollst meine Füße lecken? Nun leck sie vernünftig, oder ich drücke meine Zehen fester zusammen!«

Schnell beugt sich Dean nach vorne und liebkost mit seiner kleinen Zunge Aileens Fuß. Nach einer Weile spreizt Aileen ihre Zehen und Dean ist wieder frei.

»Von nun an wirst du mir zur Verfügung stehen, wenn ich es will! Ich werde dich genau so behandeln, wie du es mit mir getan hast.«

Aileen geht mit ihrem Fingernagel zu Deans Penis und krault ihn ein wenig. Sie sieht, dass Dean einen Steifen bekommt.

»Haha, was willst du denn damit anfangen, haha? Willst du mich heute wieder nehmen, haha? Ab heute werde ich dich nehmen und ich werde mit dir Sex haben, wann immer ich es will, haha!«

Aileen geht ins Schlafzimmer und zieht sich ein Negligee und Strapse an. Sie holt den neu gekauften Vibrator und steckt neue Batterien hinein. Aus der Küche holt sie eine Rolle Tesafilm und setzt sich wieder ins Wohnzimmer aufs Sofa. Grinsend stellt sie den Vibrator auf den Tisch und legt das Tesafilm daneben.

»Gefalle ich dir, mein Schatz?«, fragt Aileen.

»Ja, Aileen.«

Dean stellt sich neben den Vibrator und Aileen laufen bei dem Anblick die Tränen vor Lachen aus den Augen.

»Hahaha, du bist ja zwei Köpfe kleiner als der Vibrator, hahaha!«

Sie hebt ihr Negligee an und Dean kann erkennen, dass sie keinen Slip darunter trägt. Aileen lässt ihre Finger zu ihrer Muschi gleiten und massiert diese. Stöhnend schiebt sie ihren Finger in die Vagina und besorgt es sich selbst. Nach einer Weile zieht Aileen ihren Finger wieder aus der Muschi und schmiert ihren Saft mit der Fingerkuppe durch Deans Gesicht.

»Bäh, lass das Aileen« schreit er angeekelt. Mit beiden Händen wischt er sich den Kleister aus dem Gesicht. »Das ist ekelig«, flucht er und rennt über den Tisch, um sich von Aileens Finger zu entfernen.

»Ekelig findest du das, mein Schatz? Hahahaha, ich werde dich heute nehmen, ich will Sex mit dir!«

»Wie soll das gehen, lass mich bitte in Ruhe«, jammert Dean.

Aileen geht mit ihrer Hand zu Dean und fasst ihn mit Zeigefinger und Daumen, um ihn sich vor das Gesicht zu halten. Langsam leckt sie seinen Körper mit ihrer Zunge.

»Geilen Sex werden wir haben, du wirst schon sehen, haha«

Aileen stellt Dean vor den stehenden Vibrator und klebt ihn mit dem Tesafilm daran fest. Dean schreit verzweifelt, er klebt an dem Vibrator und kann sich nicht mehr bewegen. Aileen streichelt ihm mit der Fingerkuppe tröstend über seine Haare.

»Du wirst mich heute mit Leib und Seele ficken, hahaha! Freu dich doch, ich habe das erste Mal seit Jahren wieder Lust auf dich, mein süßer Schatz, haha!«

Aileen schaltet den stehenden Vibrator an und geht in die Küche, um sich ein Glas Wein zu holen. Deans Körper wird völlig durchgerüttelt und er bebt am ganzen Körper. Er ist froh, als Aileen wieder ins Wohnzimmer kommt und den Vibrator abschaltet.

»Na, wie gefällt dir das, ist doch wie auf der Kirmes, oder?«

Dean ist kreideweiß im Gesicht und sein Körper glänzt vom vielen Schweiß. Krampfhaft versucht er sich von dem Vibrator zu lösen, doch er hat keine Chance, da ihn das Klebeband fest umwickelt.

»Mach mich los, Aileen, mir ist schlecht«

»Ach, das wird schon wieder, mein Schatz, du bleibst schön dort, wo du bist, denn dein Anblick macht mich richtig geil«, lacht Aileen.

Sie genießt gemütlich ihren Rotwein und betrachtet ihren wehr- und hilflosen Mann. Nach dem zweiten Glas Wein beginnt Aileen damit, ihre Brüste zu kneten. Leicht zieht sie an ihre Brustwarzen und stöhnt vor sich hin. Nach einer Weile hebt sie ihr Negligee an und spreizt ihre Beine weit auseinander. Sie nimmt den Vibrator und hält sich diesen vors Gesicht.

»So, mein Schatz, jetzt treiben wir es schön wild.«

Langsam gleitet Aileen mit dem Vibrator zwischen ihre Beine und führt diesen in ihre Muschi ein. Der Vibrator verschwindet, mit Dean, Stück für Stück in Aileens Möse. Aileen zieht ihn raus und stößt ihn wieder feste hinein. Immer und immer wieder. Dean schreit jedes Mal, wenn er mit dem Vibrator wieder zum Vorschein kommt, doch sein leises Stimmchen wird nicht wahrgenommen. Aileen schaltet die Vibration an und schreit und stöhnt, bis sie schließlich ihren Orgasmus bekommt. Sie schaltet die Vibration wieder aus, stellt den Vibrator wieder auf den Tisch und ist völlig geschafft. Deans Körper ist mit Schleim völlig übersät. Er hustet, prustet und spuckt, um wieder atmen zu können.

»War das geil, mein Liebling, das machen wir jetzt öfters«, schwärmt Aileen und entfernt das Klebeband vom Vibrator.

Endlich kann sich Dean wieder bewegen und wischt sich hektisch mit seinen Händen sauber.

»Was machst du mit mir, Aileen? Das war ekelig, du bringst mich noch um.«

»Haha, was willst du? Du bist der erste Mensch, der sich komplett in meiner Fotze aufhalten durfte, also beklage dich nicht, haha!«

Dean kriecht immer noch völlig versifft über den Tisch. Aileen holt einen Suppenteller, füllt diesen mit Wasser und setzt Dean hinein.

Aus dem Badezimmer besorgt sie Duschgel und einen Waschlappen. Den Waschlappen legt sie neben den Suppenteller und lässt etwas Duschgel in den Teller laufen.

»Nun wasch dich vernünftig, auf dem Waschlappen kannst du dich abtrocknen!«

Dean sitzt in dem Suppenteller wie in einem Whirlpool und reinigt sich. Aileen beobachtet das Spektakel grinsend. Als Dean fertig ist, klettert er über den Tellerrand und wälzt sich auf dem Waschlappen, bis er trocken ist. Er schaut wütend zu Aileen herauf.

»Mach das nicht noch einmal mit mir, sonst wirst du es büßen, wenn ich meine Größe wieder habe«, flucht er.

»Und wann soll das sein, mein kleiner Choleriker?«, grinst Aileen.

»Ich werde doch nicht immer so winzig bleiben, oder?«

»Keine Ahnung, aber warum eigentlich nicht, hahaha!«

Aileen zieht sich einen Strapsstrumpf aus, fasst Dean vorsichtig mit zwei Finger und schiebt ihn in den Strumpf, bis er das Fußende erreicht hat. Im oberen Teil des Strumpfes macht sie einen Knoten.

»So, jetzt bist du auch sicher vor Ungeziefer, hahaha!«

Aileen nimmt den Strumpf, geht ins Schlafzimmer und hängt diesen samt Dean auf einen Bügel und hängt ihn in den Schrank. Sie wünscht Dean noch eine gute Nacht und schließt die Schranktüre. Glücklich
und zufrieden legt sich Aileen ins Bett und schläft ein.

Um Dean herum ist es finster. Er sitzt in dem nach Füßen riechenden Nylonstrumpf und sieht keine Hand vor Augen. Vorsichtig zieht er sich an dem Nylonstrumpf empor, doch auf halber Höhe verlässt ihn die Kraft und er fällt wieder ins Fußende des Strumpfes. Dean versucht den Nylonstrumpf zu zerreißen, doch als Winzling reicht seine Kraft nicht aus. Er liegt in dem Strumpf wie in einer Hängematte und ihm bleibt nichts anderes übrig, darauf zu warten, dass Aileen ihn wieder aus den Schrank holt. Als irgendwann die Schranktüre geöffnet wird, erwacht Dean und sieht, wie Aileen den Knoten des Nylonstrumpfes öffnet. Sie schmeißt einige Brotkrümel in den Strumpf, kippt ein wenig Wasser hinterher und verknotet den Strapsstrumpf wieder. Als sie den Strumpf wieder am

Bügel befestigt hat, nimmt sie das Fußende mit Dean auf ihre Hand.

»So, mein Schatz, zu essen und zu trinken hast du ja reichlich, wenn du trinken willst, musst du nur am Nylon lutschen. Du bleibst heute schön im Schrank, ich werde zur Polizei gehen und eine Vermisstenanzeige aufgeben, haha!«

Aileen schließt die Schranktüre und um Dean wird es wieder dunkel. Die nasse Nylonstrumpfhose wirkt kühl auf seiner Haut. Die Brotkrümel sind in seiner Hand so groß wie Brötchen. Dean dreht seinen Körper so, dass er mit dem Kopf im Zehenbereich des Strumpfes liegt und saugt das Wasser in sich hinein, da er Durst hat. Als er getrunken und gegessen hat, stellt er sich in den Strumpf und zerrt wieder an den Nylons.

»Aileen wird mich vermisst melden und kein Mensch kann mich finden! Sie hat mich vollkommen in der Hand, hoffentlich hat der Spuk jemals ein Ende«, jammert er.

»Ich habe Dean heute als vermisst gemeldet.«

Sarah schaut fragwürdig zu Aileens Bürotisch. »Wie?«

»Ja, ihn hat schon länger niemand mehr gesehen.«

»Wo soll der Schwachmat denn schon sein, wenn nicht bei dir?«

»Ich hab ja gesagt, ihn hat längere Zeit keiner gesehen.«

»Hast du ihm etwas angetan?«, fragt Sarah.

»Ich eigentlich nicht, oder vielleicht nur ein bisschen.«

»Erzähl!«, sagt Sarah gespannt. »Ist er tot?«

»Nein«, grinst Aileen. »Das ist eine ganz komische Geschichte, du würdest es mir nicht glauben.«

»Hast du ihn im Keller eingesperrt und angekettet, oder was?«

»Nein, Sarah, er ist einfach nur bestraft worden, aber frag mir keine Löcher in den Bauch, ich werde ihn dir irgendwann zeigen.«

»Darf ich ihm eine runterhauen, wenn ich ihn sehe?«, zischt Sarah.

Aileen lacht. »Nein, das würde er nicht überleben, hahaha!«

Beide lachen und fahren mit ihrer Arbeit fort.

Als Aileen am Abend nach Hause kommt, genießt sie diesen ganz alleine. Zu später Stunde geht sie ins Schlafzimmer und öffnet den Kleiderschrank, um den Strumpf etwas in ein Glas Wasser zu tunken.

»Hallo, Dean, du hast zu essen und wieder zu trinken, dann kannst du weiterhin in dem Nylonstrumpf bleiben. Heute habe ich dich als vermisst gemeldet, weil dich schon länger keiner mehr gesehen hat, haha! Lust auf Sex habe ich heute auch nicht, also gute Nacht!«

Aileen schließt die Schranktüre, legt sich ins Bett und schläft ein.

Als der Wecker klingelt, steht Aileen auf und schaut aus dem Fenster. Es ist ein schöner Sommermorgen und laut Wetterbericht soll es heute ziemlich heiß werden. Sie geht mit ihrem Pyjama bekleidet ins Bad, um zu duschen. Danach isst sie schnell zwei Toast und geht wieder ins Schlafzimmer. Aileen öffnet die Schranktüre, befreit Dean aus dem Nylonstrumpf und setzt ihn auf die Bettkante.

»Pass auf, dass du nicht hinunterfällst, mein Schatz!«

Sie zieht ihren Pyjama aus und steht völlig nackt im Schlafzimmer.

»Heute nehme ich dich mit zur Arbeit, dann kannst du endlich sehen, dass ich dort mit niemanden etwas habe, haha!«

»Du willst mich doch wohl nicht vorführen, Aileen?«, bangt Dean. »Es ist doch lebensgefährlich für mich, dort draußen«, jammert er.

Aileen beugt sich zu ihm hinunter. »Mein Schatz hat Angst, haha! Keine Sorge, mein Liebling, dir wird nichts passieren und niemand wird dich erblicken.«

Grinsend zieht sich Aileen einen BH und eine Bluse an. Sie nimmt einen Seidenslip aus der Schublade und zieht diesen bis zu ihren Oberschenkeln hoch. Aileen fasst Dean mit Mittelfinger und Daumen und schiebt ihn, mit den Beinen zuerst, in ihre Muschi. Vorsichtig legt sie den Zeigefinger auf Deans Kopf und schiebt ihn langsam hinein.

Dean spreizt seine Arme, um nicht in Aileens Vagina zu verschwinden. Er krallt sich mit seinen Händen an Aileens Schambehaarung, damit er nicht in ihre Muschi flutscht.

Aileen zieht ihren Slip hoch und Dean ist nun darin gefangen. Während Aileen ihren Rock und ihre Schuhe anzieht, versucht Dean, sich aus ihrer Vagina zu drücken, doch ihr Slip presst ihn wieder hinein.

»So, jetzt können wir gehen mein Schatz, du fühlst dich geil an, haha!«

Dean hat bei jedem Schritt zu kämpfen, er spürt Aileens Schleim am ganzen Körper. Ihre Schamhaare liegen wie dicke Seile über seine Arme und seinem Gesicht. Dean ist froh, als Aileen endlich auf ihrem Bürostuhl sitzt, denn die ganze Zeit rieben ihre Schamlippen an seinem Gesicht. Er hört, wie Aileen und Sarah sich unterhalten und ihre Telefonate erledigen. Dean wischt sich mit einer Hand den Schleim aus dem Gesicht. Die Luft, die er zwischen ihren Schenkeln einatmet, ist stickig und riecht unangenehm. Dean stemmt sich feste gegen Aileens Klitoris, um sich aus der Vagina zu drücken, was Aileen dazu bringt, ihren Finger auf Deans Kopf zu legen, um in komplett in ihre Muschi zu schieben. Dean kann sich nicht mehr an ihre Schamhaare festhalten und verschwindet komplett in Aileens Vagina. Hektisch versucht er wieder herauszukommen, doch Aileen presst ihre Muschi zusammen. Dean schlägt wie wild um sich, um sich dem Klammergriff zu entziehen. Seine Luft wird knapp und er kann kaum atmen, da er von Schleim umgeben ist. Endlich presst Aileen ihn wieder heraus und sein Kopf liegt wieder im Slip. Schnell fasst er zwei Schamhaare um nicht wieder in die Vagina zu rutschen. Dean verzichtet darauf, noch einmal gegen Aileens Klitoris zu drücken, da er Angst hat, dass er wieder in die Vagina geschoben wird. Aileens Slip ist feucht, da sie durch Deans Zappelei einen Orgasmus bekommen hat.

»Stöhnst du etwa, Aileen?«, fragt Sarah erstaunt.

»Nein, ich hab es mit den Bronchien und bekomme bei dem Wetter nicht so gut Luft«, lügt Aileen.

Dean weiß genau, dass Aileen gelogen hat, er hat ihr einen Orgasmus beschafft. Er vernimmt ein lautes Zischen und kurz danach stinkt es wie Teufel in dem Slip. Dean kann den Gestank kaum einatmen. Ihm wird bewusst, dass Aileen gefurzt hat. Lange hält sich der Gestank in dem Slip und Dean ist fix und fertig. Irgendwann bemerkt er wieder, dass Aileens Schamlippen über sein Gesicht rutschen, da Aileen sich auf den Heimweg macht.

Dean ist froh, als sich Aileen den Slip auszieht und er das Schlafzimmer erblickt. Aileen zieht Dean aus ihrer Muschi und legt ihn auf die Bettkante.

»Na, mein Schatz, hat's dir heute gefallen?«, fragt sie.

»Nein, ekelig war es, was soll das? Was machst du mit mir?«

Aileen grinst und schaut ihn an. »Ich fand es geil heute. Das war das erste Mal, dass ich auf der Arbeit einen Orgasmus hatte, hahaha!«

Aileen putzt Dean mit einem Tuch sauber und holt einen hohen Stiefel mit hohem Absatz aus dem Schrank. Sie holt einige Brotkrümel und schmeißt diese in den Stiefel. Vorsichtig fasst Aileen den winzigen Dean und steckt ihn weit in den Stiefel, bis er auf der Fußsohle des Stiefels liegt, und lässt ihn los. Da der Stiefel einen sehr hohen Absatz hat, rutscht Dean die Fußsohle hinunter, und befindet sich im Stiefelinneren in der Fußspitze. Aileen sammelt etwas Speichel in ihrem Mund und spuckt ihn in den Stiefel.

»So, mein Schatz, Nahrung hast du ja genug, gefällt es dir in meinem Stiefel?«, fragt sie lachend.

»Bitte, Aileen, lass mich nicht hier, es ist stockfinster und es müffelt nach deinen Füßen«, bettelt Dean.

Aileen lacht laut und stülpt einen Nylonstrumpf über den Stiefelschaft und stellt ihn neben dem Schrank in eine Ecke.

»Du bleibst solange in dem Stiefel, wie es mir gefällt, haha! Schlaf gut, mein kleiner Schatz, haha!«

Dean liegt in der Stiefelspitze. Dadurch, dass Aileen das Licht im Zimmer angelassen hat, kann er sich ein wenig orientieren. Er versucht, die Schuhsohle hochzuklettern, doch die führt so steil nach oben, dass er immer wieder hinunterrutscht. Er sieht, wie Aileens Speichel ihm entgegen fließt.

»Jetzt soll ich auch noch ihre Spucke trinken, die spinnt doch«, flucht Dean. Er isst einen Brotkrümel und überlegt, wie er dem Stiefel entrinnen könnte. Wieder versucht er, die Sohle hochzuklettern und kann sich an einer Faser hochziehen. Endlich hat er den Absatz erklommen und kann sich hinstellen. Sein Körper ist übersät von Aileens Speichel, da er sich durch diese Spucklache hochziehen musste. Er wischt sich den Glibber aus dem Gesicht und schaut nach oben.

Dean sieht, dass Aileen einen Nylonstrumpf über den Stiefelschaft gezogen hat, und weiß nun, dass er aus eigener Kraft den Stiefel nicht verlassen kann. Selbst wenn der Nylonstrumpf fort wäre, würde er es nicht schaffen, den langen Stiefelschacht zu erklimmen.

Dean drückt feste gegen die Innenseite des Stiefels, in der Hoffnung, dass dieser umfällt, aber der Stiefel bewegt sich keinen Millimeter.

Dean rutscht auf Aileens Speichel aus und rutscht wieder in die Stiefelspitze. Bis zu den Knien steckt er nun in Aileens Spucke und die für ihn, riesigen Brotkrümel, schwimmen um ihn herum. Dean sieht ein, dass er in dem übel riechenden Stiefel gefangen ist und so lange ausharren muss, bis Aileen ihn wieder befreit.

Dean hat das Gefühl, schon Tage in dem Stiefel gefangen zu sein. Von Aileen ist nichts zu hören und nichts zu sehen. Tatsächlich musste er vor lauter Durst Aileens Spucke trinken. Ständig hat er nach Aileen gerufen und seine Stimme klingt nun heiser. Schlimme Gedanken schießen Dean durch den Kopf.

Was ist, wenn Aileen etwas passiert ist? Sollte er wirklich in einem Stiefel sterben? Niemand würde ihn hier finden. Wo ist sie nur?

Dean bekommt Panik und wälzt sich wild hin und her, doch der Stiefel bewegt sich nicht. Endlich bemerkt er, wie sich der Stiefel bewegt.

Er sieht einen Fuß in den Stiefelschacht steigen, der ihm bedrohlich näher kommt. Dean wird von Zehen in die Stiefelspitze gedrückt und glaubt, jeden Moment zerquetscht zu werden. Plötzlich zieht sich der Fuß wieder zurück und er erblickt zwei Finger, die ihn fassen und aus dem Stiefel ziehen. Endlich ist er raus aus seinem Gefängnis und schaut in Aileens großes Gesicht.

»Dich hätte ich ja fast vergessen, haha! Hat es dir gut gefallen in meinem schönen Stiefel, mein Schatz?«

»Mach das bitte nicht mehr mit mir, Aileen, ich hatte Todesangst«, flennt Dean.

»Das kenne ich, hahaha! Ich hatte auch oft Angst vor dir, haha!«

Aileen hält Dean in der Luft, öffnet ihren Mund und schiebt ihn weit hinein, um ihn abzulecken. Kurze Zeit später holt sie ihn wieder heraus.

»Ich könnte dich einfach hinunterschlucken, was hältst du davon?«

»Nein, nein, bitte, Aileen, tu das nicht«, schreit Dean.

»War doch nur ein Scherz, mein Kleiner, haha!«

Aileen geht mit Dean ins Wohnzimmer und setzt ihn auf dem Tisch ab. Sie nimmt ein Tuch und macht ihn sauber.

»Hunger oder Durst dürftest du ja nicht haben, mein Kleiner. Die Brotkrümel und meine Spucke in dem Stiefel hätten für Wochen gereicht, haha!«

Dean reckt und streckt sich, er ist froh, wieder das Tageslicht zu sehen. Aileen zieht sich ihre Hose und ihre Nylonstrumpfhose aus.

Sie fasst Dean vorsichtig mit zwei Fingern und steckt ihn in die Nylonstrumpfhose und zieht sich diese wieder an. Sie macht es sich auf dem Sofa bequem und schaltet den Fernseher ein. Dean wird durch die Nylonstrumpfhose an Aileens Fußsohle gedrückt. Mit beiden Armen stemmt er sich gegen die Fußsohle, wird aber durch die Strumpfhose immer wieder an den Fuß gedrückt.

»Lass den Blödsinn, dass kitzelt«, meckert Aileen.

Dean dreht sich herum und steht nun mit dem Rücken zur Fußsohle. Wieder ist er gefangen. In dem Stiefel musste er schon lange den Fußgeruch ertragen, jetzt ist er auch noch an Aileens Fuß gefesselt.

Nach zwei Fernsehfilmen führt Aileen ihre Finger zu ihrem Fuß, wo Dean an ihre Fußsohle gepresst wird, und schiebt ihn langsam auf ihre Zehe. Dean liegt nun quer über ihre Zehen und sein Gesicht küsst das Nagelbett ihres großen Zehs. Aileen schaltet den Fernseher aus und geht ins Bett. Deans Körper bebt bei jedem Schritt.

»Aileen!«, ruft er. »Aileen!«

Doch Aileen nimmt sein Stimmchen nicht wahr und zieht die Decke über ihren Körper. Wieder wird es dunkel um Dean. Er versucht, in eine andere Position zu kommen, wobei ein Arm zwischen Aileens Zehen rutscht. Aileen dreht sich auf die Seite, wodurch Dean seinen Arm nicht mehr bewegen kann, da er zwischen den Zehen eingeklemmt ist. Irgendwann in der Nacht dreht sich Aileen auf den Rücken und Dean kann endlich seinen Arm befreien.

Als Aileen am Morgen wach wird, geht sie ins Badezimmer, wo sie sich entkleidet. Sie holt Dean aus der Strumpfhose, öffnet den Toilettendeckel und setzt Dean hinein.

»Hier kannst du ein schönes Bad nehmen, mein Liebling.«

Sie schließt den Toilettendeckel wieder und geht unter die Dusche.

Dean sitzt in einer Wasserpfütze und zittert. Er hat Angst, dass Aileen die Spülung betätigt und er von einem Wasserfall in die Tiefe gerissen wird. Ein wenig Licht dringt in die Toilette ein und Dean stellt sich hin. Mit seinen Händen erreicht er das Plastikgitter des WC-Steins und hält sich dort fest. Dean hört, wie Aileen das Wasser der Dusche abstellt, und kurze Zeit danach öffnet sie den Toilettendeckel und setzt sich auf die Toilettenbrille. Dean schaut ängstlich auf den riesigen Hintern.

»Aileen, Aileen, ich bin noch hier unten, was machst du denn? Aileen!«

Es dauert nicht lange und Dean wird unter einem gelben Wasserfall geduscht. Krampfhaft hält er sich am Plastikgitter fest, um nicht in den Abfluss gespült zu werden. Nachdem Aileen uriniert hat, wischt sie ihre Vagina sauber und lässt das Toilettenpapier in die Toilette fallen. Sie erhebt sich, schließt den Toilettendeckel und entfernt sich aus dem Badezimmer.

Dean entfernt hektisch das Toilettenpapier, welches seinen Körper umhüllt, und stellt sich wieder mittig in die Toilette. Er ist Aileen dankbar, dass sie nicht abgezogen hat, denn die Wassermassen hätten ihn in die Tiefe gerissen und er wäre qualvoll in der Toilette ertrunken. Dean wartet darauf, dass Aileen ihn endlich aus der Urinlache befreit, aber wieder mal scheint es ihr egal zu sein, wo er sich befindet. Das Toilettenpapier hat sich mittlerweile mit Urin vollgesogen und Dean muss aufpassen, dass er sich nicht darin verheddert. Der Geruch in der Toilette ist widerlich und ekelt ihn so an, dass er sich übergeben muss.

Von Aileen ist nichts zu hören. Hat sie das Haus schon verlassen? Will sie ihn den ganzen Tag in der ekeligen Toilette lassen? Dean kann es nicht glauben.

Die Mittagspause ist vorbei und Sarah und Aileen sitzen wieder an ihren Bürotischen.

»Was macht dein vermisster Ehegatte, meine Süße?«

»Dem geht es aus seiner Sicht, wohl nicht so gut«, grinst Aileen.

»Nun sag doch schon, wo ist er denn?«

»Das würdest du mir nicht glauben, haha!«

Sarah schmollt vor sich hin. »Ach, komm, sag schon.«

»Ich zeige ihn dir heute Abend, wenn du magst«, bietet Aileen an.

»Nee, Aileen, er hasst es doch, wenn du mich mit nach Hause bringst. Er wird dich wieder verhauen und ich bin schuld.«

»Haha, Sarah, der verhaut keinen mehr, versprochen! Aber wenn du ihn siehst, bleibt es unter uns, klar?«

»Versprochen, Aileen, keine Sorge.«

»Ok, dann fahren wir nach Feierabend zu mir, essen was Feines und machen uns einen lustigen Abend«, freut sich Aileen.

»Lustig? Mit Dean?«, fragt Sarah überrascht.

»Ja, hab Geduld, du wirst schon sehen, haha!«

»Wie kann man mit diesem Kotzbrocken Spaß haben?«, fragt Sarah ein wenig irritiert. »Wenn er mich sieht, schmeißt er mich ja eh wieder raus, er hasst mich und ich ihn.«

»Warte einfach ab, du wirst schon sehen«, kichert Aileen.

Nach Feierabend fährt Sarah mit ihrem Wagen hinter Aileen, zu ihrem Haus. Dort angekommen holt Aileen eine Flasche Wein und beide setzen sich ins Wohnzimmer. Aileen erzählt Sarah die unglaubliche Geschichte, die ihr widerfahren ist.

Sarah schaut sie am Ende der Geschichte ungläubig an. »Sag mal Aileen, hast du auf der Arbeit schon etwas getrunken? Was erzählst du mir hier für einen Blödsinn?«

Aileen kichert und erhebt sich. »Warte einen Moment, ich bin gleich wieder da.«

Aileen geht ins Badezimmer und geht zur Toilette. Sie fasst den Arm vom versifften Dean, hält ihn unter den Wasserhahn und dreht diesen auf, um Dean zu reinigen. Anschließend wickelt sie Dean in ein Handtuch ein und betätigt die Spülung der Toilette. Sie geht zurück ins Wohnzimmer, legt das Handtuch auf den Tisch und setzt sich neben Sarah auf das Sofa.

»Bist du sicher, dass es dir gut geht, Aileen?«, fragt Sarah besorgt.

Aileen nickt und lacht. »Wickel vorsichtig das Handtuch auseinander, Sarah.«

Sarah faltet vorsichtig das Handtuch auseinander und schreckt zurück, als sie Dean im Miniformat erblickt.

»Das gibt es nicht, träume ich?«

Aileen schaut Sarah an. »Na, glaubst du mir jetzt?«, grinst sie.

Sarah nickt und streichelt Dean mit ihrer Fingerkuppe. »Wie kann das sein? Ich habe dir kein Wort geglaubt. Entschuldige, Aileen.«

»Das verstehe ich, Sarah, ich glaube es ja selber nicht richtig.«

Sarah geht mit ihrem Gesicht nahe zu Dean. »Na, du kleiner Drecksack, haha! Hast du endlich deine Strafe bekommen?«

Dean stellt sich hin und flucht. »Lasst mich bloß in Ruhe! Aileen, warum hast du Sarah mitgebracht, wollt ihr mich nun gemeinsam ärgern?«

Sarah und Aileen amüsieren sich über Deans Anblick und lachen laut los. Sarah stupst Dean mit der Fingerkuppe an und er fällt auf seinen Hintern.

»Setz dich, du Zwerg, haha!«

Aileen holt noch eine Flasche Wein und füllt die großen Gläser.

Sarah nimmt Dean zwischen ihre Finger und streckt die Zunge heraus. Mit der Zungenspitze leckt sie über Deans Penis und sieht, wie er einen Steifen bekommt. »Hahaha, gefällt dir das, du Tyrann? Ich kann nicht mehr Aileen, ich lach mich tot, haha!«

Sarah stellt Dean in ihr volles Weinglas und er steht bis zum Hals im Wein. Aileen drückt ihn mit ihrer Fingerkuppe unter die Weinoberfläche und Dean zappelt. Er bekommt keine Luft mehr und schluckt und schluckt. Schließlich entfernt

Aileen ihren Finger und Dean stellt sich wieder ins Glas, wo er nach Luft ringt. Die beiden Frauen amüsieren sich köstlich über ihn. Nun drückt Sarah ihn unter die Weinoberfläche und wieder muss Dean schlucken und schlucken.

Sarah hat Mitleid mit ihm und zieht Dean aus dem Weinglas und legt ihn wieder auf das Handtuch.

»Hoffentlich hast du mir nicht ins Glas gepinkelt, haha!«

Dean erhebt sich und wankt. Er hat soviel Wein geschluckt, dass er nun volltrunken ist. Er taumelt und fällt auf das Handtuch. Immer wieder versucht er aufzustehen und fällt wieder hin.

»Haha, besoffen ist er«, lacht Aileen.

»Ich freue mich für dich, Aileen, dass Dean dir nichts mehr antun kann. Das ist der helle Wahnsinn, was mit ihm passiert ist.«

Sarah und Aileen haben ihren Spaß und sind durch den Wein ein wenig angeheitert.

»Wenn du magst, kannst du ruhig hier schlafen, Sarah.«

Sarah nimmt dankend an, auf sie wartet niemand und es ist Wochenende.

Aileen holt eine Rolle mit breitem Tapeband, reißt ein langes Stück von der Rolle und legt es mit der Klebeseite nach oben, auf den Tisch. Sie fasst Dean und legt ihn mit dem Rücken darauf.

»So, mein Schatz, jetzt bist du gesichert, wir wollen doch nicht, dass du in deinem besoffenen

Kopf vom Tisch fällst und dir das Genick brichst, haha!«

Dean liegt auf dem Klebebandstreifen und ist festgeklebt. Er versucht noch, seinen Oberkörper anzuheben, doch das Klebeband hält ihn fest am Boden. Er schaut noch ängstlich zu Sarah, die, wie er findet, doppelt so viel wiegen muss, wie Aileen. Dean weiß, dass Sarah ihn nicht mag, und fühlt sich unwohl in ihrer Nähe. Sie könnte ihn mit einem Finger zerquetschen, wenn sie wollte.

Aileen und Sarah leeren noch eine Flasche Rotwein, danach bringt Aileen Bettzeug für Sarah ins Wohnzimmer.

»Ich muss ins Bett, Sarah, bei mir dreht sich alles. Gute Nacht!«

»Gute Nacht, Aileen. Ich trinke mein Glas noch leer und lege mich dann auch hin. Bis morgen.«

Aileen verschwindet ins Schlafzimmer und Sarah richtet sich auf dem Sofa das Bett ein und entkleidet sich bis auf den BH und den Slip. Sarah sitzt nun auf dem Sofa, nippt immer wieder an ihrem Glas Wein und beobachtet den festgeklebten Dean.

»Hehe, du oller Choleriker, jetzt hast du aber ganz schön die Arschkarte, was?«

Dean schlägt die Augen auf und sieht, wie sich Sarahs Fingernagel seinem Körper nähert.

Vorsichtig krault sie seinen Körper mit ihrem Nagel und grinst.

»Nie hätte ich gedacht, dass ich mal deinen Körper streichel, haha!«

Sarah erhöht den Druck und krault Dean nun fester.

»Ahh, hör auf damit! Du bringst mich ja um!«, schreit Dean.

»Hahaha, jetzt hast du Schiss, was?«

Sarah nimmt ihren Fingernagel wieder von Dean und er versucht mit all seiner Kraft, dem Klebeband zu entfliehen, doch er kann sich nicht befreien.

»Haha, klappt wohl nicht. Du bist mir ausgeliefert, haha!«, freut sich Sarah und beobachtet Deans Befreiungsversuche. »Schaust du etwa auf meinen Busen?«

»Nein, die sind mir viel zu fett und zu groß«, antwortet Dean.

Nun schaut er doch auf Sarahs Brüste, die in einen riesigen BH eingepackt sind. Sarah nippt wieder an ihrem Glas und reißt ein Stück von dem Tapeband ab und legt es mit der Klebeseite nach oben auf den Tisch. Mit der Fingerkuppe massiert sie Deans Genitalbereich und grinst.

»Lass das, Sarah«, meckert Dean.

»Ist das nicht etwas unbequem auf dem Klebeband?«, fragt Sarah.

Dean wird hellhörig. »Ja, es wäre nett, wenn du mich von dem Klebeband entfernen würdest.«

Sarah fasst Dean vorsichtig mit zwei Finger und zieht ihn langsam von dem Klebestreifen und legt ihn auf ihren abgerissenen Klebestreifen. Er liegt jetzt quer, die Arme nah an seinem Körper, auf dem anderen Klebestreifen.

»Was soll das? Du wolltest mich doch befreien?«

»Nö«, lacht Sarah.

Langsam rollt sie Dean in das andere Klebeband ein, sodass nur noch seine Füße und sein Kopf herausschauen. Dean ist wieder gefangen und kann sich nicht bewegen.

»Lass mich sofort wieder raus, Sarah!«, jammert er.

»Haha, ist das geil! Ich lach mich tot!«

Sarah hat ihren Spaß und rollt Dean über den Tisch.

»Hör auf damit, mir wird schlecht«, schreit er.

Sarah trinkt den letzten Rest Wein aus ihrem Glas und betrachtet Dean.

»Meine dicken Titten gefallen dir also nicht?«, fragt sie.

»Lass mich hier raus!«, mault Dean.

»Nein, du bleibst schön eingerollt, steht dir doch gut, haha! Ich werde dich gleich in meinen BH stecken und du wirst an meiner Brust übernachten, haha!«

Sarah zieht an ihrem BH, fasst Dean und schiebt ihn in ihren BH. Vorsichtig lässt sie ihren BH wieder los und Dean liegt bewegungslos mit seinem Gesicht, auf ihrer Brustwarze.

»Das gefällt dir doch, hahaha!«

Sarah legt sich hin, zieht die Decke über sich und schlummert ein.

Dean liegt auf ihrer verschwitzten Brust und muss es ertragen. Er ist von dem Tapeband umwickelt und betet, dass sich Sarah nicht auf den Bauch legt, denn das wäre sein sicherer Tod. Plötzlich spürt er Sarahs Finger. Sie schiebt ihn immer wieder über ihre Brustwarze und stöhnt. Ihre Brustwarze kommt heraus und drückt Dean feste gegen den BH. Nach kurzer Zeit lässt sie ihn wieder los und Dean ist froh, als sich die Brustwarze von Sarah wieder zurückzieht. Dean liegt nun unterhalb der Brustwarze und rutscht durch Sarahs Schweiß immer tiefer in ihren BH. Es dauert nicht lange und Dean liegt unter Sarahs Brust. Er hat Glück, dass Sarah einen Rüschen-BH anhat, sonst würde er ersticken.

Am frühen Vormittag erscheint Aileen im Wohnzimmer und bemerkt, dass Sarah noch schläft. Sie sieht den Klebestreifen auf dem Tisch und wird hektisch, als sie Dean nicht sieht. Aileen schaut unter dem Tisch, da es sein könnte, dass er in seinem alkoholisierten Zustand herunter gefallen ist. Doch sie sieht ihn nicht.

»Dean? Dean, wo bist du?«

Sarah wird durch Aileens Rufe geweckt.

»Oh, hab ich einen Kopf!«, jammert sie.

»Sarah, Dean ist weg!«, sagt Aileen besorgt.

Sarah grinst Aileen an. »Keine Sorge, er hat die Nacht in meinem BH verbracht.«

Sarah öffnet ihren BH, fasst den eingewickelten Dean und legt ihn auf den Tisch. Dean ist klitschnass von Sarahs Schweiß und schreit.

Aileen betrachtet Dean mit großen Augen und lacht. »Das war ja mal eine gute Idee, Sarah, hahaha!«

Aileen beugt sich zu Dean herab und stupst ihn mit dem Finger an. »Siehst gut aus, wie eine Kleberolle, haha! Da bleibst du erst einmal, dann kannst du auch keinen Blödsinn machen, haha!«

Sarah und Aileen gehen unter die Dusche und frühstücken gemeinsam. Danach verabschiedet sich Sarah und Aileen bringt Ordnung ins Haus. Bevor Aileen den Tisch säubert, fasst sie Dean und lässt ihn in einem der beiden hochhackigen Schuhe rutschen, die noch von gestern neben dem Sofa stehen. Dean rutscht mit dem Kopf in die Fußspitze und er atmet wieder diesen widerlichen Fußgestank ein.

Als Aileen alles aufgeräumt hat, nimmt sie das Paar Schuhe und stellt sie in den Schuhschrank und schließt die Klappe.

Dean befindet sich wieder in absoluter Dunkelheit. Er kann sich in dem Schuh kein bisschen bewegen, da er immer noch vom Klebeband umwickelt ist.

Erst am Abend holt Aileen ihn aus dem Schuh und legt ihn wieder auf dem Wohnzimmertisch. Vorsichtig entfernt sie das Klebeband von Deans Körper. Er schreit wie verrückt, da er wahnsinnige Schmerzen hat. Er glaubt, seine Haut wird von dem Klebeband abgerissen.

»Stell dich doch nicht so an, ich bin doch ganz vorsichtig«, meckert Aileen.

»Aber es schmerzt höllisch, das Klebeband zieht meine Haut vom Leib«, jammert Dean.

Endlich hat Aileen das gesamte Klebeband entfernt und betrachtet Dean. Seine Haut ist gerötet, aber alles ist noch heil geblieben.

»Schau dich an Dean, nichts ist passiert.«

Dean setzt sich hin und ist beleidigt.

»Du brauchst gar nicht so zu schmollen, schließlich warst du mit einer anderen Frau im Bett, hahaha!«

Dean schaut zu ihr hinauf. »Das war ekelig und gefährlich für mich, Aileen. Bringe Sarah bitte nicht mehr mit, sie wird mich umbringen!«

»Ob sie dich umbringt oder ich, wo ist der Unterschied?«, fragt Aileen.

»Willst du mich umbringen? Ich bin doch dein Mann!«

»Irgendwann vielleicht, ich will ja nicht mein ganzes Leben auf dich aufpassen müssen, haha!«

Dean bekommt es mit der Angst zu tun. »Meinst du, ich bleibe immer so winzig?«

Aileen nickt. »Ich sehe keine Anzeichen, dass du wieder deine normale Größe bekommst. Die Zigeunerin, die mir die Pille für dich gab, habe ich seitdem nie mehr gesehen. Und selbst wenn ich sie sehen würde und sie würde mir eine Pille geben, um dich wieder zurück zu verwandeln, würde ich diese Pille vernichten, denn mein Leben gefällt mir wieder richtig gut ohne dich, hahaha!«

Dean lässt seinen Kopf hängen. »Aber ich würde dich in Zukunft nur noch auf Händen tragen, Aileen. Ich wäre dir der beste Mann, den es gibt.«

»Hahaha, zu spät, mein kleiner Schatz, viel zu spät. Du bist ja ein richtiger Arschkriecher geworden, Dean.«

Aileen geht zum Schrank und holt einen Luftballon aus der Schublade und legt ihn auf den Tisch.

»Und was macht ein Arschkriecher, mein Schatz?« Aileen lacht laut los. »Ich werde dich später in meinen Hintern schieben, denn dort gehören Arschkriecher hin, hahaha!«

Dean ahnt Böses und zieht den unaufgeblasenen Luftballon über den Tisch, bis dieser auf den Boden fällt. Er weiß zwar nicht, was Aileen mit ihm vor hat, aber der Luftballon bereitet ihm Sorgen. Aileen hat nichts bemerkt und Dean hofft, dass sie sich nicht mehr an ihre Aussage erinnert. Aileen kippt wieder einige Brotkrümel und etwas Wasser auf den Tisch.

»Jetzt sieh erst einmal zu, dass du etwas in den Magen bekommst, mein Liebling.«

Aileen verlässt das Haus und erscheint erst wieder am Abend. Dean hört, wie Aileen sich in der Küche etwas zu Essen macht. Er rennt zu dem Paket Taschentücher, die auf dem Tisch liegen. Dean weiß, dass er irgendwie abhauen muss, da er glaubt, dass Aileen nichts Gutes mit ihm vor hat. Hektisch zieht er ein Taschentuch aus der Verpackung und breitet es aus. Er zieht das Taschentuch an den Tischrand, fasst alle vier Ecken und springt vom Tisch. Seine Rechnung geht auf und er gleitet Richtung Teppich. Er landet etwas unsanft, hat sich aber nicht verletzt. Dean erhebt sich und rennt quer durch das Wohnzimmer, bis er an einem halbhohen Schrank, der an der Wand steht, angekommen ist. Er klettert die Sockelleiste hoch und verschwindet hinter dem Schrank.

»Glück gehabt! Endlich in Sicherheit!«, sagt er sich.

Kurze Zeit später kommt Aileen ins Wohnzimmer und ruft ihn. Sie sucht überall, aber findet Dean nicht.

»Dean!«, schreit sie. »Komm sofort her! Wo bist du?«, flucht Aileen. »Willst du wirklich zertreten werden, wenn du hier herum läufst?«

Dean steht auf dem Sockel hinter dem Schrank und rührt sich nicht. Er hört, dass es in der Küche klappert. Kurze Zeit später vernimmt er wieder Aileens Stimme.

»Ich kriege dich schon noch, mein Schatz. Wo bist du denn? Dean?«

Plötzlich erblickt Dean ein Auge von Aileen.

»Da bist du ja, haha!«

Dean weiß, dass Aileen den schweren Schrank nicht wegschieben kann und verharrt in seiner Position.

»Dean, ich kriege dich, haha!«, freut sich Aileen.

Plötzlich sieht Dean den schmalen Staubsaugeraufsatz, mit dem man Polster reinigt, und schon heult der Staubsauger auf. Er versucht, weiter in Richtung Schrankmitte zu laufen, doch der Sog des Staubsaugers hat ihn gepackt. Schnell verschwindet er in dem Staubsaugeraufsatz und wird durch das Rohr und den Schlauch gesogen. Er landet weich und hört, wie Aileen den Sauger ausschaltet.

»Da bleibst du erst einmal und kannst in Ruhe überlegen, ob du noch einmal abhaust«, schimpft Aileen.

Dean stellt sich hin und muss sich sammeln. Ihm ist noch schwindelig und seine Knochen schmerzen. Alles um ihn ist dunkel, er befindet sich im Staubsaugerbeutel. Verzweifelt kämpft er sich durch den Dreck und versucht, die Beutelöffnung zu finden. Endlich hat er das Loch gefunden und klettert hinein. Dean klettert durch ein Rohr und dann durch den Saugschlauch, bis hin zum Staubsaugeraufsatz. Endlich sieht er Licht und zwängt sich durch die Öffnung. Er springt auf den Teppich und schon fasst ihn Aileen mit zwei Fingern.

»Haha, hab ich dich!«

Aileen setzt ihn auf den Tisch ab und entfernt die Taschentücher vom Tisch.

»Gute Idee, du kleiner Wicht, haha!«

Aileen hebt den Luftballon auf und reißt die Öffnung mit ihren Fingern auseinander. Sie fasst Dean mit ihren Lippen und schiebt ihn in den Luftballon, bis nur noch sein Kopf heraus schaut und lässt die Öffnung wieder zusammenziehen. Der Hals des Luftballons drückt seine Arme fest gegen seinen Körper. Dean kann nur noch seine Beine bewegen. Er kommt sich vor, wie in einem Ganzkörperkondom. Aileen streichelt mit ihrer Fingerkuppe über sein Gesicht.

»Steht dir gut, mein kleiner Ausreißer. Siehst richtig sexy aus, in deinem Latexanzug, hahaha!«

»Bitte, Aileen, lass mich wieder frei, ich lauf nicht mehr fort.«

»Du bleibst schön dort, wo du bist, mein Schatz. Wo waren wir eigentlich vor deiner Flucht stehen geblieben?«

Aileen grinst vor sich hin. »Ach ja, beim Arschkriecher, haha! Arschkriecher kriechen doch in Ärsche, oder?«

Aileen stellt sich vor den Tisch und zieht ihren Slip halb hinunter.

Dean schüttelt wild mit dem Kopf. »Aileen, das kannst du doch nicht mit mir machen! Bitte!«

Dean versucht aus dem Ballon zu kommen, während Aileen ihre Beine spreizt und sich ein wenig nach vorne bückt. Sie fasst Dean mit zwei Fingern und schiebt seine Beine langsam in ihren After. Dean schreit vor Angst. Aileen legt ihren Zeigefinger auf Deans Kopf und schiebt ihn soweit in ihren Anus, dass nur noch sein Oberkörper und sein Kopf heraus schauen. Sie stellt sich wieder gerade hin und zieht ihren Slip wieder hoch. Dean ist nun in Aileens After gefangen. Er kann sich in dem Luftballon nicht bewegen und Aileens Schließmuskel hält ihn zusätzlich gefangen. Dean bemerkt, dass Aileen durch das Haus geht und ihr Slip rutscht bei jedem Schritt über sein Gesicht.

Aileen geht ins Schlafzimmer und legt sich ins Bett. Dean bemerkt, wie sich der Griff ihres Schließmuskels etwas lockert, wobei er wieder etwas tiefer in Aileens Darm rutscht. Dean schreit um Hilfe.

Aileen hat absichtlich gepresst, damit Dean tiefer in den Darm rutscht. Dean schwitzt und der Ballon klebt an seinem Körper. Es stinkt nach Kot und sein Kopf hängt zwischen Aileens Pobacken.

Pohaare bedecken sein Gesicht und Dean atmet schwer. Aileen presst nochmal ihren Anus und Dean rutscht wieder ein Stück tiefer in den Darm. Er muss den Kopf in den Nacken legen, damit er nicht ganz verschwindet. Dean macht die ganze Nacht kein Auge zu, er hat Angst, elendig in Aileens Darm zu verrecken. Nach Stunden bemerkt er, dass Aileen aufsteht. Kurze Zeit später zieht Aileen ihren Slip aus und setzt sich auf die Toilette. Dean sieht den Toilettenboden und schreit so laut er kann. Aileen presst ihren Schließmuskel und Deans Schreie verstummen, da er in den Darm gerutscht ist. Ein ekeliger Gestank umgibt ihn und er bekommt kaum Luft. Aileen presst wieder und Dean verlässt ihren Darm und fällt in die Toilette. Auf dem Rücken liegend, sieht er, dass Aileen weiter presst und er sieht Braunes auf sich zukommen. Schnell rollt er sich zur Seite, um nicht von Aileens Kot erschlagen zu werden. Als Aileen endlich fertig ist, liegt Dean neben einen riesigen Berg Kot. Der Gestank ist unerträglich und er sieht, wie sich Aileen den Hintern abwischt. Das herunterfallende Toilettenpapier bedeckt seinen

Körper. Dean hört, wie Aileen den Toilettendeckel fallen lässt.

»Bitte, bitte, nicht abziehen, bitte!«

Dean hat Glück, Aileen zieht nicht ab, lässt ihn aber in der Toilette liegen. Hilflos liegt er neben ihrem Kot und ist von ihrem benutzten Toilettenpapier bedeckt. Zur Seite rollen kann er auch nicht mehr, weil der Kotberg ihm den Weg versperrt. Laut schreit er nach Aileen.

Seine Schreie hallen durch die Kloschüssel, aber Aileen holt ihn nicht heraus. Den ganzen Tag liegt Dean unter dem Toilettenpapier und hofft, nicht weggespült zu werden. Irgendwann hört er, dass Aileen sich im Badezimmer aufhält. Plötzlich wird das Toilettenpapier weggezogen und er schaut Aileen ins Gesicht.

»Na, mein kleiner Arschkriecher, haha!«

Aileen fasst Dean mit zwei Fingern und steckt ihn mit dem Luftballon tief in die Mitte des Kotberges, so das nur noch sein Kopf herausschaut.

»Gute Nacht, mein Liebling, bis morgen«, lacht Aileen und schließt wieder den Toilettendeckel.

»Aileen!!!«, schreit Dean.

Sein Körper in dem Ballon ist nass vor Schweiß. Er weiß, dass er seine Füße stillhalten muss, sonst rutscht er noch ganz in den Kotberg. Er fühlt den weichen Untergrund unter seinen Füßen. Es stinkt in der Toilette wie Teufel und Aileen will ihn noch eine ganze Nacht in dem

Kotberg lassen. Dean ist verzweifelt, er weiß nicht, was er tun soll. Er muss abwarten, bis Aileen ihn endlich aus der ekeligen Lage befreit.

Am frühen Morgen öffnet sich der Toilettendeckel und Dean ist erleichtert.

»Hol mich schnell hier raus, Aileen, ich halte es nicht mehr aus«, wimmert er, doch Aileen setzt sich mit ihrem nackten Hintern auf die Toilettenbrille. Bevor Dean noch etwas sagen kann, versinkt er in Kot. Er versucht zu atmen, bekommt aber keine Luft. Er zappelt ein wenig herum und im letzten Moment zieht Aileen ihn aus der Toilette und legt ihn ins Waschbecken. Dean hört die Spülung der Toilette und dann herrscht Ruhe. Dean reibt sein Gesicht am Porzellan des Waschbeckens, um Aileens Kot aus dem Gesicht zu bekommen.

Er ist angewidert und übergibt sich.

Endlich erscheint Aileen und öffnet den Wasserhahn. Sie reinigt den Luftballon, in dem Dean gefangen ist und reinigt sein Gesicht.

»Na, mein kleiner Arschkriecher, haha! Das nächste Mal schiebe ich dich mit dem Gesicht zuerst in meinen Hintern, hahaha!«

Aileen fasst ihn mit den Fingern und bringt ihn ins Wohnzimmer und legt ihn wieder auf den Tisch. Dean liegt neben einer kleinen Wasserlache und einigen Brotkrümeln.

»Frühstücke erst einmal, damit du groß und stark wirst, haha!«

Dean knabbert an den für ihn, riesigen Brotkrümeln und rollt sich zur Wasserlache, um zu trinken.

Aileen schaut ihm grinsend zu. »Die nächsten Wochen habe ich mehr Zeit für dich, mein Schatz. Ich habe dank dir so viel Resturlaub, dass ich mir fünf Wochen genommen habe. Sarah hat auch drei Wochen Urlaub und wird ihren Urlaub bei uns verbringen, damit sie nicht alleine ist«, freut sich Aileen.

Dean dreht sich auf den Rücken. »Sarah kommt? Drei Wochen? Verdammt, Aileen, hol mich endlich aus dem Luftballon!«

»Nein, du bleibst erstmal in dem Ballon, da bist du gut aufgehoben, hahaha!«

Aileen holt eine Einkaufstüte und zieht ein Paar Turnschuhe heraus.

»Schau mal, Schatz. Die Turnschuhe habe ich drei Nummern größer gekauft, so kann ich dich zum Joggen mitnehmen. Gefällt dir bestimmt gut, bei den warmen Temperaturen, die wir draußen haben, hahaha! Und ich bin mir sicher, dass Sarah auch noch einige Überraschungen für dich hat, haha! Sie müsste in der nächsten Stunde hier sein, dann laufen wir erst einmal schön durch den Park«

Dean sitzt in dem Luftballon und ist alleine.

»Wenn ich meine Größe wieder habe, dann gibt es reichlich Prügel für die Weiber«, spricht er mit sich selbst. »Die können sich auf etwas gefasst machen«, zischt er.

Wieder zappelt er wie verrückt hin und her, um sich zu befreien, doch der Ballonhals sitzt wie eine zweite Haut um seinen Oberkörper. Er sieht Sarah und Aileen ins Wohnzimmer kommen. Sarah hat schon ihren Joggingdress an und beide setzen sich aufs Sofa, um noch eine Tasse Kaffee zu trinken. Sarah streichelt mit ihrem Finger über den Luftballon.

»Hallo Dean!«

Sie schüttelt ihn ein wenig durch und erfreut sich über seinen wehrlosen Anblick.

»Ich habe gehört, dass du mit uns Joggen gehst. Schön, dass du mit uns etwas unternimmst, haha!«

Aileen lacht laut los. »Ja, ist er nicht nett, haha!«

Aileen geht sich umziehen und erscheint kurze Zeit später ebenfalls in ihrem Joggingdress.

»Heute ziehe ich mal keine Socken beim Joggen an«, grinst sie. Aileen hebt Dean mit ihren Fingern in die Höhe. »Sarah, kannst du Dean gleich mal aus dem Ballon ziehen und in meinen Joggingschuh stecken?«

»Nichts lieber als das, Aileen.«

Aileen zieht den Luftballon vorsichtig auseinander und Sarah zieht ihn zärtlich aus den Ballon und steckt Dean in Aileens Schuh. Schnell schiebt Aileen ihren nackten Fuß in den Schuh und schiebt mit ihren Zehen Dean bis in die Fußspitze des Joggingschuhs. Sie verschnürt ihre Schuhe und geht mit Sarah in den naheliegenden Park.

Dean hat nicht viel Platz in der Schuhspitze, aber es reicht, um nicht verletzt zu werden. Bei jedem Schritt von Aileen bebt sein ganzer Körper. Immer wieder nähern sich ihm Aileens Zehen. Im Park angekommen, beginnen Sarah und Aileen mit dem Laufen. Nun wird Dean richtig durchgeschüttelt und immer wieder kommt er mit Aileens verschwitzten Zehen in Berührung. Da er völlig durchgeschüttelt wird, ist ihm speiübel. Er ist froh, als Aileen wieder ihren Fuß aus dem Schuh zieht, doch Sarah steckt sofort eine ihrer verschwitzen Socken in den Schuh, damit er nicht herauskommen kann.

»Hey!«, schreit Dean. »Hey, lasst mich raus hier!«

Aileen und Sarah hören ihn nicht. Dean drückt mit seinem gesamten Körpergewicht gegen die Socke, die ihm den Weg versperrt, doch er kommt einfach nicht zur Schuhöffnung. Es ist schwül in dem Schuh und Dean muss die stickige, übel riechende Luft einatmen. Er legt sich in die schweißnasse Fußspitze und wartet darauf, dass er frei gelassen wird.

»So ein Mist«, flucht Aileen. »Jetzt hab ich mir eine Blase gelaufen. Die Schuhe sind doch zu groß zum Laufen, da muss ich mir demnächst etwas anderes für Dean überlegen.«

»Häng ihn dir doch demnächst um den Hals, oder steck ihn in den Slip, haha!«, erwidert Sarah.

Aileen grinst. »Irgendetwas wird mir schon einfallen für meinen Schatz.«

Die beiden gehen unter die Dusche und kochen sich anschließend etwas zu Essen. Nachdem sie gespeist haben, setzen sie sich wieder ins Wohnzimmer und Sarah befreit Dean aus dem Schuh und setzt ihn wieder auf den Tisch.

»Ihr seid widerlich!«, meckert er. »Lasst mich doch einfach in Ruhe!«

»Nö«, antworten Sarah und Aileen wie aus einem Mund.

Sarah geht in die Küche und kommt mit einem durchsichtigen Gefrierbeutel zurück, den sie auch auf den Tisch legt.

Aileen erhebt sich und öffnet die Terrassentüre. »Ich mache uns Kaffee, dann können wir uns nach draußen setzen.«

Sarah stimmt zu und hilft Aileen, den Gartentisch zu decken, während Dean über den Tisch geht und überlegt, wie er flüchten kann. Er schaut auf den Gefrierbeutel, den Sarah auf den Tisch gelegt hat.

»Noch besser als das Taschentuch«, sagt er. »Wenn die beiden auf der Terrasse sitzen, werde ich mich wieder mit dem Beutel vom Tisch gleiten lassen.«

Endlich ist der Kaffee fertig und Sarah folgt Aileen durchs Wohnzimmer. Als Sarah am Tisch vorbei geht, bleibt sie stehen und fasst Dean mit ihrer Hand. Mit ihrer anderen Hand öffnet sie den Gefrierbeutel, steckt Dean hinein und knotet den Beutel zu. Grinsend legt sie ihn wieder auf den Tisch.

»Hey, was soll das?«, flucht Dean. »Lass mich sofort wieder raus!«

Sarah lacht und geht auf die Terrasse, während Dean gegen den Beutel drückt. Die Folie des Beutels ist zu stark, so das er wieder gefangen ist. Sarah hat seinen Fluchtplan zerstört. Er stellt sich in den Beutel, vermeidet aber zu gehen, da er durch die Folie nur Umrisse erkennt. Lebensgefährlich wäre es für ihn, wenn er mitsamt der Folie vom Tisch fällt. Dean hört, wie sich Aileen und Sarah auf der Terrasse unterhalten und lachen. Niemand kümmert sich um ihn und der Beutel beschlägt schon von der Innenseite. Nach längerer Zeit zieht sich der Gefrierbeutel schon leicht zusammen, wenn Dean atmet, da der Sauerstoff immer geringer wird.

»Hilfe, wenn ihr mich nicht bald hier herausholt, ersticke ich! Hilfe!«, schreit er, doch sein Stimmchen dringt nicht bis zur Terrasse.

Wenig später sieht er anhand der Schatten, dass Aileen und Sarah sich wieder auf das Sofa setzen. Dean drückt gegen den Beutel, der sich beim Einatmen immer mehr zusammen zieht.

»Holt mich hier raus! Bitte! Ich bekomme kaum noch Luft!«

Dean bemerkt, dass der Knoten an dem Beutel geöffnet wird und robbt aus dem Beutel. Schweißnass kommt er heraus und ringt nach Luft. Gelächter hallt ihm entgegen und er atmet hastig. Aileen holt eine große durchsichtige Blumenvase und stülpt sie über Dean.

»So können wir dich sehen und du kannst keinen Blödsinn machen, haha!«

Als Dean sich erholt hat, stellt er sich hin und versucht, die Blumenvase zu verschieben, doch diese ist viel zu schwer. Er haut von innen gegen das Glas, doch niemand hebt die Vase wieder an. Er sieht, dass sich Aileen und Sarah köstlich über ihn amüsieren.

Gegen Abend schauen Sarah und Aileen fern und Dean befindet sich immer noch unter der großen Glaskuppel. Er legt sich hin und schläft ein. Durch einen Fingerschubser wird Dean unsanft von Sarah geweckt. Sie hat die Blumenvase wieder richtig herum auf den Tisch gestellt.

»Hallo, Winzling!«

Dean starrt Sarah etwas verwirrt an. Er sieht, dass Sarah nackt vor ihm sitzt.

»Wo ist Aileen?«, fragt er irritiert.

»Die ist schon ins Bett gegangen, mein Süßer. Jetzt haben wir Zeit für uns, haha!«

Sarah will Dean fassen, doch er rennt schnell hinter die Blumenvase.

»Hahaha, ich krieg doch sowieso, haha!«, lacht Sarah. »Du darfst mich heute ficken, mein Süßer, haha!«

Dean betrachtet durch das Glas der Vase Sarahs unförmigen Körper.

»Lass mich bloß in Ruhe, sonst erzähle ich es Aileen!«

»Aileen? Hahaha, weißt du was sie gesagt hat?«

»Was hat sie gesagt?«, fragt Dean und ist nervös.

»Ich soll dich ruhig ganz nehmen, hahaha!«

Sarah fasst Dean und legt ihn sich auf die flache Hand. Immer wieder lässt sie ihre Zunge über Deans Penis gleiten. Dean bekommt dadurch eine Erektion.

»Oh, geil ist der kleine Mann, haha!«

»Hör auf, Sarah, lass mich in Ruhe«, meckert Dean.

Sarah legt sich mit ihrem Rücken auf das Sofa und spreizt ihre Beine. Mit den Füßen zuerst schiebt sie Dean in ihre Möse. Dean wehrt sich verzweifelt, doch als Winzling hat er keine Chance. Immer tiefer schiebt Sarah ihn in ihre Muschi, bis er schließlich komplett in ihre Vagina verschwunden ist. Immer wieder will Dean heraus klettern, wird aber von Sarah jedes Mal wieder hinein geschoben. Sarah stöhnt vor sich hin und Dean taucht immer wieder in ihre Muschi ein, die immer glitschiger wird. Sarah bekommt einen Orgasmus und Dean rutscht total eingesaut aus ihrer Vagina und landet zwischen Sarahs Beine. Schleim tropft auf seinem Kopf und Dean stellt sich schnell hin und wischt sich das Gesicht sauber.

»Ekelig!«, schreit er. »Ihr seid beide gemein, mir immer so etwas Ekeliges anzutun«, flucht er.

»Ekelig?«, lacht Sarah. »Hahaha! Ich mag es auch anal, mein kleiner Dildo, hahaha!«

Sarah fasst Dean und schiebt ihn mit den Füßen zuerst in ihren After. Dean spürt Sarahs engen Schließmuskel um seinen Körper.

Sarah legt ihren Finger auf Deans Kopf und schiebt in ganz hinein.

Dean sieht, wie sich der Schließmuskel über seinen Kopf zusammenzieht und er ist komplett in Sarahs Hintern. Es stinkt wie die Pest und Dean will schnell hinaus klettern, doch auch hier schiebt Sarah ihn immer wieder hinein und stöhnt. Als Sarah ihren zweiten Orgasmus bekommt, presst sie Dean aus ihren Hintern und er landet in einer Schleimlache. Sarah fasst ihn, legt ihn auf den Tisch und stülpt wieder die Blumenvase über Dean.

»Schlaf schön, mein Dildo, du warst echt gut, hahaha!«, freut sich Sarah und legt sich hin, um zu schlafen.

»Hey, gib mir doch ein Tuch, um mich zu säubern!«, schreit Dean, doch Sarah grinst ihn nur an und schließt ihre Augen.

»So ein Mist!«, ärgert sich Dean. »Ich bin total versifft mit Kot und Fotzenschleim und die blöde Kuh macht mich nicht sauber! Hey!« Dean haut gegen das Glas der Blumenvase. »Hey, Sarah!«

Sarah hört nichts mehr, sie ist eingeschlafen. Dean versucht, mit seinen Händen seinen Körper zu reinigen und übergibt sich bei seiner Ansicht und bei dem Gestank, der sich unter der Blumenvase breit macht.

Am Morgen hebt Aileen die Blumenvase an.

»Wie siehst du denn aus?«, fragt sie Dean.

»Sarah hat mich in ihre Löcher geschoben und nicht sauber gemacht«, motzt Dean.

Aileen lacht laut los und setzt die Blumenvase wieder über Dean ab. »Ist ja ekelig, hahaha! Ich fass dich so nicht an, haha! Da hattest du ja eine geile Nacht. Du hast mich ja betrogen, haha! Aber keine Sorge, ich bin dir nicht böse«, grinst Aileen.

Sarah ist auch wach geworden und schmunzelt. »Du hast einen geilen Dildo, Aileen. Der hat es mir gestern gut besorgt, haha!«

Beide verschwinden aus dem Wohnzimmer und lassen Dean unter seiner stinkenden Kuppel liegen.

Nach dem Frühstück stellt Aileen eine Tasse, gefüllt mit Wasser, auf den Tisch und befreit Dean aus seiner misslichen Lage. Sie stellt ihn hinein und hält sich die Nase zu.

»Nun reinige dich, mein Schatz, du stinkst gewaltig!«

Dean ist froh, dass er sich endlich reinigen darf, endlich wird er den Gestank los. Er sieht, dass Sarah im Joggingdress das Wohnzimmer betritt.

»Soll ich ihn mit zum Joggen nehmen, Aileen?«

Aileen schaut zu ihr auf und grübelt. »Wie willst du denn den Winzling mitnehmen, in deine Schuhe passt er nicht hinein?«

Sarah setzt sich und überlegt nun auch. »Klebe ihn doch mit Tape Band unter meine Achsel, dann schwitzt er schön mit.«

Aileen schaut auf Dean und lacht los. »Gute Idee, Sarah, das machen wir.«

Aileen holt das Tape Band und Sarah zieht ihr Shirt aus. Dean wird aus der Tasse gezogen und abgetrocknet. Sarah hebt ihren Arm hoch und Aileen fasst Dean und hält ihn unter Sarahs Arm. Sie reißt ein Stück Klebeband ab und klebt Dean fest. Sein Kopf verschwindet in Sarahs Achselhaare und sie zieht ihr Shirt wieder an. Dean ist außer sich und schreit wütend herum.

»Lasst mich endlich in Ruhe, macht mich wieder los!«

Keine der beiden Frauen reagiert auf seine Rufe.

»Dann bis später, Aileen«, grinst Sarah.

»Bis später, viel Spaß euch beiden, haha!«

Deans ganzer Körper wackelt bei jedem Schritt. Er bemerkt, dass Sarah mit dem Laufen beginnt und wird durchgeschüttelt. Es dauert nicht lange und Sarahs Schweiß läuft über seinen Körper. Ihre nassen Achselhaare kitzeln sein Gesicht. Nach einer halben Stunde ist Sarah wieder bei Aileen und setzt sich auf die Terrasse, um erst einmal auszuschwitzen.

Dean ist immer noch unter Sarahs Achsel festgeklebt und dort fängt es langsam an zu müffeln. Dean ist klitschnass von Sarahs Schweiß und muss nun auch noch den ekeligen Geruch einatmen. Weder Aileen noch Sarah kommen auf die Idee, Dean zu befreien.

Erst als Sarah duschen geht, entfernt Aileen ihn von Sarahs Körper und setzt ihn wieder in die Tasse.

»Du bist ja richtig sportlich, mein Schatz, gestern Joggen, heute Joggen, hahaha!«

»Ja, ja«, schmollt Dean. »Ihr seid ekelig«

Aileen holt zwei große Cocktailgläser und stellt sie auf den Terrassentisch. Sie füllt die Gläser mit Orangensaft und Alkohol und steckt Strohhalme in die Gläser. Sarah kommt aus dem Badezimmer und setzt sich auf die Terrasse.

»Das sieht gut aus, Aileen«

Beide nuckeln an ihren Strohhalmen und genießen den Cocktail. Als sie die großen Gläser halb geleert haben, steht Aileen auf, um Dean zu holen. Sie zieht ihn aus der Tasse, geht mit ihm auf die Terrasse und stellt ihn in ihr Cocktailglas. Dean steht die Flüssigkeit bis zum Hals.

»Trink nur mit, wenn du Durst hast, mein Liebling, haha!«

Dean steht in dem Cocktailglas und streckt seine Arme aus, um an den Glasrand zu kommen, doch das Glas ist zu groß. Aileen nimmt einen großen Schluck durch den Strohhalm und Dean steht nur noch bis zu den Knien in der Flüssigkeit. Dean versucht sich ins Glas zu setzen, doch es ist so eng, dass er nur stehen kann. Aileen nimmt das Glas in die Hand und umfasst mit ihren Lippen den Strohhalm.

Mit der Hand führt sie den Strohhalm in Deans Genitalbereich und saugt feste daran. Dean schreit und versucht den Strohhalm wegzuschieben, doch dieser hat sich festgesaugt. Sarah beobachtet, wie Dean hektisch mit den Armen winkt, und grölt vor Lachen.

Aileen lässt ab von dem Strohhalm und zieht ihn aus dem Glas. Sie kippt sich den letzten Schluck samt Dean in den Mund und spuckt ihn dann wieder ins Glas. Dean liegt nun mit seinem Gesicht auf dem Glasboden und kann sich nicht drehen, um sich hinzustellen. Aileen nimmt den Strohhalm und setzt ihn auf Deans Hintern.

»Ich könnte dich jetzt aufblasen, bis du platzt, mein Schatz, haha!«

»Bitte, tu es nicht, Aileen, bitte nicht!«, jammert er vor lauter Angst.

Grinsend entfernt Aileen wieder den Strohhalm, holt Dean aus dem Glas und setzt ihn wieder auf den Wohnzimmertisch.

Sarah geht in die Küche und holt ein Stangeneis aus dem Eisfach. Sie nimmt einen Aschenbecher und stellt ihn auf den Wohnzimmertisch. Nun befestigt Sarah das Stangeneis mit Klebeband an dem Aschenbecher, so dass es senkrecht auf dem Tisch steht. Sie fasst Dean mit zwei Fingern und stellt ihn ganz nah vor das Stangeneis. Mit der Fingerkuppe eines dritten Fingers streichelt sie nun sein Glied. Dean bekommt eine Erektion und Sarah drückt seinen Penis gegen das Stangeneis. Nach zwei Minuten lässt sie Dean los und sein Penis ist am Stangeneis festgefroren. Gelächter hallt durch das Wohnzimmer.

»So, nun bleibst du solange dort stehen, bis das Stangeneis aufgetaut ist, hahaha!«, freut sich Sarah und geht wieder auf die Terrasse.

Dean zieht an seinem Glied, doch er bekommt es nicht vom Eis entfernt. Ihm ist kalt, doch er kann sich nicht von dem Stangeneis entfernen. Nach längerer Zeit fasst er mit seinen Händen an das Stangeneis, da er nicht mehr stehen kann, und schon sind auch seine Hände festgefroren. Als Aileen an ihm vorbei geht, schreit er laut.

»Aileen, hilf mir! Mir ist so kalt, ich kann nicht mehr!«

Sie schaut sich den hilflosen Dean an und zuckt mit den Achseln. »Was soll ich tun? Wenn ich dich losreiße, hast du keinen Penis mehr, du musst Geduld haben, bis das Stangeneis abgetaut ist, haha!«

Aileen verschwindet wieder und Dean zittert vor Kälte. Nach langer Zeit beginnt das Eis aufzutauen und Dean kann sich endlich von dem Stangeneis lösen. Er legt sich auf den Tisch und reibt mit Armen und Händen seinen Körper, da ihm verdammt kalt ist. Aileen und Sarah kommen wieder ins Wohnzimmer und schauen sich an, wie Dean zittert.

»Wir haben Sommer und der Winzling friert«, lacht Sarah.

»Das können wir ändern«, sagt Aileen und fasst Dean.

Die drei gehen in die Küche, wo Aileen einen großen Topf aus dem Schrank holt und ihn auf die Herdplatte stellt. Sie setzt Dean in den Topf und schaltet die Herdplatte an.

»Du wirst gleich schön für uns tanzen, mein Liebling, ich wette, dir wird ganz schnell wieder warm, haha!«

Sarah und Aileen schauen gespannt in den Topf und es dauert auch nicht lange, bis Dean sich hinstellt. Immer schneller hebt er seine Füße hoch, da sich der Topfboden immer mehr erhitzt.

»Schnell, holt mich raus hier! Ich verbrenne sonst!«, schreit er.

Als er wie wild seine Füße abwechseln in die Höhe schwingt, erlöst ihn Aileen und holt ihn aus dem Topf.

»Na, immer noch am Frieren, mein Schatz?«

Alle gehen wieder ins Wohnzimmer und Dean wird wieder auf den Tisch gesetzt. Aileen schaut Dean schmunzelnd an.

»Du schaust so blass aus, mein Schatz, ich denke ein wenig Farbe würde dir ganz gut tun.«

Aileen geht in die Küche und kommt mit einem Frühstücksbrettchen aus Holz, vier Stecknadeln, eine Garnrolle und ein Lineal zurück und legt alles auf den Wohnzimmertisch.

»Sarah, hättest du Lust, unserem Kleinen einige Stricke an Hände und Füße zu befestigen?«

Sarah lacht Aileen mit einem breiten Grinsen an und reißt vier Fäden von der Garnrolle.

»Nichts lieber als das«, antwortet sie.

Vorsichtig befestigt sie die Fäden an Deans Füßen und Handgelenken. Dean versucht, sich zu wehren, doch Aileen hält ihn fest, so dass er nicht weglaufen kann.

»Lasst mich, ich will nicht von euch gefesselt werden! Was soll das?«

»Was du willst, interessiert hier keinen, mein Liebling, wir machen mit dir das, was uns Spaß macht«, zischt Aileen.

Sarah hat nun alle Fäden an den Gelenken verknotet und Aileen knotet an allen vier Fadenenden eine Schlaufe und nimmt die vier Stecknadeln in die Hand.

»Sarah, könntest du unser kleines, geiles Lustobjekt mit seinem Bauch auf das Frühstücksbrettchen legen?«

Lachend fasst Sarah den hilflosen Dean, legt ihn auf das Brettchen und drückt ihren Zeigefinger auf seinen Rücken. Dean rudert wild mit seinen Armen und Beinen, kann sich seiner misslichen Situation jedoch nicht entziehen. Aileen zieht an dem ersten Faden und steckt die Stecknadel in die Schlaufe des Fadens. Nun nimmt sie den zweiten Faden und zieht damit Deans Arme weit auseinander und steckt auch dort die Nadel durch die Schlaufe in das Holzbrettchen. Dean liegt nun mit weit ausgestreckten Armen auf dem Brettchen.

»Du kannst deinen Finger wieder wegnehmen, Sarah, er kann nicht mehr abhauen, haha!«

Mit den anderen beiden Fäden spreizt Aileen nun Deans Beine soweit, dass er sich kaum noch bewegen kann, und schiebt auch dort die zwei restlichen Nadeln durch die Schlaufen ins Holzbrettchen. Zärtlich streichelt Sarah mit ihrer Fingerkuppe über den fixierten Dean.

»Was soll das? Was habt ihr mit mir vor?«, schreit Dean vor lauter Angst.

Aileen kratzt mit ihrem Fingernagel mehrmals über Deans Pobacken, bis er vor Schmerz schreit.

»Wir wollen doch nur, dass du ein wenig Farbe bekommst, da du so blass aussiehst, deswegen werden wir dir ein wenig deinen Hintern versohlen, bis dieser eine gesunde Röte bekommt.«

Sarah und Aileen klatschen sich ab und ihnen schießen die Tränen vor Lachen in die Augen.

Aileen nimmt sich das Lineal und hält es genau über Deans Hintern. Mit ihrem Zeigefinger zieht sie das Ende des Lineals hoch, so dass es sich etwas in die Höhe biegt und entfernt dann wieder ihren Zeigefinger. Das Linealende knallt mit voller Wucht auf Deans Hintern. Bei dem Aufprall des Lineals verkrampft sich Deans Körper und er schreit.

»Aaaah! Bitte hört auf! Das schmerzt so sehr, dass ich es nicht aushalte. Bitte macht mich los, bitte!«

Nun nimmt Sarah das Lineal und wiederholt das Prozedere. Dean fleht um Gnade, doch Aileen und Sarah wechseln sich weiterhin mit dem Lineal ab. Nach vielen Schlägen mit dem Lineal lassen beide Frauen endlich ab von Dean und begutachten seinen wundgeschlagenen Hintern.

»Im Dunkeln würde sein Hintern jetzt leuchten«, lacht Aileen.

»Auf jeden Fall hat er nun ein wenig Farbe bekommen und wirkt nicht mehr so blass wie vorher«, entgegnet Sarah. »Lass uns eine Runde Joggen gehen und uns dabei überlegen, was wir als nächstes mit unserem kleinen Mann anstellen.«

Aileen und Sarah verschwinden und Dean lassen sie gefesselt auf dem Frühstücksbrettchen liegen. Dean liegt dort und bei der kleinsten Bewegung schmerzt die Haut seines Hinterns. Er versucht mit aller Kraft die Fäden, mit denen er gefesselt wurde, zu zerreißen, doch er schafft es nicht, da diese dünnen Fäden für ihn wie dicke Seile sind.

»Umbringen werden die zwei mich noch«, schluchzt er. »Wäre ich doch nur nicht immer so mies zu Aileen gewesen!«

Nach einer Stunde hört Dean, wie Aileen und Sarah wieder das Haus betreten. Er dreht sein Gesicht zum Sofa und beobachtet, wie Aileen sich darauf setzt und ihren Joggingschuh von ihrem Fuß entfernt. Dean sieht, dass Aileens Nylonsöckchen klitschnass vom Joggen sind.

»Oh, entschuldige Dean, du liegst ja völlig unbequem.«

Aileen zieht ihr schweißnasses Nylonsöckchen aus und schiebt es Dean unter sein Gesicht.

»So, jetzt hast du ein hübsches Kopfkissen, mein Lieber, haha!«

Dean hebt seinen Kopf und verzieht angeekelt sein Gesicht. »Das ist widerlich Aileen, nimm die Socke bitte wieder weg.«

Aileen lacht und drückt mit ihrem Finger Deans Gesicht in den Strumpf. »Widerlich findest du deine Frau also.«

»Nein, nur die schweißnasse Socke, dich doch nicht«, korrigiert er schnell.

»Stell dich nicht immer so an, du Kotzbrocken, sei froh das du noch lebst und wir uns mit dir vergnügen, denn wenn wir keinen Spaß mehr mit dir haben, dann werde ich dich ein für allemal entsorgen.«

Dean legt seinen Kopf auf die Socke und schweigt, während Aileen und Sarah unter die Dusche gehen.

Dean murmelt vor sich hin. »Entsorgen würde Aileen mich, sie würde mich tatsächlich vernichten. Es wäre eine Leichtigkeit für Aileen und Sarah, mich umzubringen, ohne auch nur eine Spur zu hinterlassen.«

Sarah ist die erste, die sich im Wohnzimmer auf das Sofa setzt und Dean beobachtet. Sie gleitet mit ihrem spitzen Fingernagel über Deans Po und der schreit direkt vor lauter Schmerz los.

»Niedlich, wie du auf dem Frühstücksbrettchen liegst, Dean. Du siehst aus, wie eine Delikatesse, haha!«

Nun setzt sich auch Aileen auf das Sofa und drückt Deans Gesicht wieder feste in die unter ihm liegende Nylonsocke.

»Na, mein Schatz, ist es immer noch widerlich?«, fragt sie gehässig.

Dean verneint mit seinem Kopf, er weiß, dass er Aileen besser nicht wütend macht, da er Angst hat, auf irgendeine Art entsorgt zu werden.

Lachend nimmt Aileen wieder ihren Finger von Deans Hinterkopf. Sie löst die Nadeln aus dem Holzbrettchen und entfernt die Fäden von Deans Hand und Fußgelenken und legt Dean auf den Wohnzimmertisch. Dann holt sie wieder die Blumenvase und stülpt diese wieder verkehrt herum über Deans Körper.

Dean ist froh, die eklige Socke aus dem Gesicht zu haben und dass er nicht mehr gefesselt ist. Seine Glieder schmerzen bei jeder Bewegung und er zieht es vor, erst einmal ruhig liegen zu bleiben.

Durch das Glas der Blumenvase sieht er Aileen und Sarah lachen, versteht aber kein Wort, da das Glas der Vase sehr dick ist. Er sieht, dass die beiden sich erheben und auf die Terrasse gehen. Einige Stunden vergehen und Dean ist dankbar, dass er momentan seine Ruhe hat und nicht für irgendwelche Spielchen herhalten muss.

Als die Dämmerung eintritt, kommen Aileen und Sarah wieder ins Wohnzimmer und setzen sich aufs Sofa. Sarah dreht die Glasvase herum und stellt sie neben dem liegenden Dean auf den Tisch. Sie fasst Dean mit zwei Fingern und legt ihn in die Blumenvase. Dean stellt sich hin und sieht Sarahs riesigen Mund über sich. Ihr Mund verwandelt sich zu einem Grinsen und sie lässt ihren Speichel in die Vase tropfen. Dean stellt sich schnell an den inneren Vasenrand, um dem heruntertropfenden Speichel auszuweichen.

»Das ist die richtige Flüssigkeit für dich, Dean, damit kannst du dich reinigen«, freut sich Sarah.

Nun hält auch Aileen ihren Mund über die Blumenvase und spuckt einige Male hinein.

»Und wenn du Durst hast, mein Schatz, kannst du unseren Speichel ja auch trinken«, meckert Aileen gehässig.

Der Abend vergeht langsam und Aileen und Sarah spucken immer wieder in die Vase.

»Hört doch auf mit dieser Sauerei«, bettelt Dean, aber er bekommt keine Antwort. Zu später Stunde verlassen die beiden Frauen das Wohnzimmer und schalten das Licht aus und um Dean wird es dunkel.

Er steht in einer riesigen Spucklache, die ihm bis zum Bauch reicht. Als er einige Zentimeter geht, rutscht er aus und sein Körper verschwindet unter dem Speichel. Schnell rappelt er sich wieder auf.

»So eine eklige Sauerei!«, motzt er. »Nun muss ich hier die ganze Nacht im Stehen verbringen, umgeben von dieser ekligen Flüssigkeit und niemanden interessiert es. Umbringen werde ich die zwei, wenn ich meine normale Größe jemals wieder erlangen werde.«

Am frühen Morgen lässt sich Aileen nur einmal kurz blicken und schmeißt Dean einige Brotkrümel in die Vase.

»Hey, holt mich hier raus, ich kann nicht mehr stehen und bin müde.« Dean schreit, aber keine der Frauen lässt sich blicken.

Erst am späten Nachmittag zieht Sarah ihn aus der Vase und legt ihn auf dem Wohnzimmertisch. Wenig später kommt Aileen, fasst Dean und die Vase und geht ins Badezimmer. Sie setzt Dean ins Waschbecken und leert die Vase über ihn. Aileen dreht den Wasserhahn auf und Dean wird endlich gereinigt.

»Warum seid ihr so fies zu mir?«, brüllt Dean.

»Fies?«, fragt Aileen. »Du hast mich doch immer wieder fies behandelt und nun bekommst du die Quittung dafür«, erwidert sie.

Aileen legt Dean auf ein Handtuch und rubbelt ihn trocken. Sie fasst ihn anschließend vorsichtig und bringt ihn wieder ins Wohnzimmer, wo sie ihn auf den Tisch setzt.

»Da ist ja unser Hübscher wieder«, freut sich Sarah, die noch auf dem Sofa sitzt. Aileen geht noch einmal ins Bad und kommt mit einer Damenbinde und einer Schere zurück. Beides legt sie auf den Tisch und setzt sich zu Sarah.

»Ich ahne nichts Gutes«, lacht Sarah und Aileen grinst, ohne zu antworten. Dean hat sich in der Zwischenzeit auf den Tisch gelegt und ist vor lauter Müdigkeit eingeschlafen. Er bekommt nicht mit, dass Aileen die Innenseite der Damenbinde mit der Schere etwas aufschneidet.

Als Aileen am oberen Ende der Binde einen drei Zentimeter großen Schlitz geschnitten hat, bringt sie die Schere wieder weg.

Sie geht ins Schlafzimmer und kommt mit einem größeren Baumwollschlüpfer zurück und deckt Dean damit zu.

»Lassen wir den Kleinen mal schlafen, damit er wieder zu Kräften kommt, die wird er bei der nächsten Aktion mit Sicherheit brauchen.«

Sarah nickt und schaut Aileen lachend an. »Wenn du das mit ihm vorhast, was ich denke, wird es ja mal wieder sehr widerlich für deinen Mann, haha!«

»Ich meine es doch nur gut mit ihm«, grinst Aileen.

Nach einigen Stunden erwacht Dean und setzt sich hin. Er schaut in die frech grinsenden Gesichter von Aileen und Sarah.

»Hast du gut geschlafen, mein Schatz?«, fragt Aileen mit einem ironischen Unterton.

»Geht so«, antwortet Dean.

Aileen packt ihn mit zwei Fingern und legt ihn auf die Damenbinde, die auf dem Tisch liegt. »Ich habe mir gedacht, dass die Tischplatte etwas unbequem für dich ist, nun hast du die Binde und damit ein gepolstertes Bettchen.«

Dean setzt sich hin und bemerkt, dass die Binde schön weich ist. Erstaunt blickt er zu den Frauen auf.

»In der Tat, es ist hier wirklich sehr bequem und gut gepolstert.«

Aileen holt einen kleinen Streifen Klebeband und setzt sich wieder aufs Sofa. Mit ihrer Fingerkuppe streichelt sie Deans Körper.

»Das bequeme Bett bleibt dir für vierundzwanzig Stunden erhalten, sind wir nicht nett zu dir?«

Dean verzieht beleidigt sein Gesicht und nickt.

Aileen nimmt Dean zwischen zwei Finger und schiebt ihn durch den eingeschnittenen Schlitz unter das Flies der Binde und verklebt den Schlitz mit dem kleinen Klebestreifen.

»Siehst du, jetzt bist du auch schön zugedeckt«, erfreut sie sich.

Dean wird von dem Flies leicht in die Watte der Binde gedrückt und kann kaum etwas sehen, er sieht nur noch die Umrisse von Aileen und Sarah. Er liegt sehr bequem, fühlt sich aber sehr unbehaglich.

»Fühlst du dich gut darin, Dean?«

Ein leises Ja hallt aus der Damenbinde.

»Schön, denn dort darfst du einen ganzen Tag verbringen.«

»Wofür man eine Damenbinde braucht, weißt du ja sicherlich?«

Dean antwortet nicht, er stellt sich in die Binde und versucht seinem Gefängnis zu entkommen. Er versucht, das Flies der Binde zu zerreißen, doch seine Kraft reicht nicht aus. Er krabbelt zu dem Schlitz, durch den ihn Aileen in die Binde geschoben hat, doch der Ausgang ist zugeklebt.

»Lasst mich bitte wieder raus, ich bekomme keine Luft«, lügt Dean.

Sarah schaut laut lachend auf die Binde. »Da kommt ja nun richtig Bewegung rein, das war eine gute Idee von dir, Aileen«

Aileen geht mit ihrem Gesicht nah an die Binde. »Dean, ich bekomme heute Abend meine Periode und du darfst das Ganze live miterleben, haha!«

Vor lauter Panik haut Dean gegen die Binde, in der Hoffnung, dass diese reißt. Er krabbelt von einer Ecke in die andere und tritt gegen den

Fliesstoff, bis er endlich einsieht, dass er in der Binde gefangen ist. Mit den Nerven am Ende setzt er sich in die Mitte der Binde und jammert.

»Aileen, bitte lass mich wieder raus hier, ich will diese Schweinerei nicht erleben. Aileen?«

Dean bekommt keine Antwort. Haben die zwei Frauen das Zimmer verlassen? Dean kann nichts erkennen.

»Sarah?«

Niemand antwortet, die beiden haben wohl den Raum verlassen und Dean hat es nicht mitbekommen. Einige Stunden hat Dean seine Ruhe, bis er plötzlich hört, dass jemand den Klebestreifen entfernt. Schnell kriecht er zum oberen Teil der Binde, doch als er dort ankommt, sieht er, dass der Schlitz wieder verklebt ist und man ihm einige Brotkrümel hineingeschoben hat. Dean vernimmt Aileens Stimme.

»Du sollst ja während deiner Leidenszeit nicht hungern, haha!«

Dean bemerkt, dass Aileen die Binde anhebt und kurze Zeit später wird es dunkel um ihn und er kann auch nichts mehr hören. Er wird in die Binde gepresst und liegt nun tief in der Watte der Binde und kann sich kaum bewegen. Dean weiß genau, dass es soweit ist, er muss vor Aileens Vagina liegen. Es kommt ihm vor wie eine Ewigkeit, hin und wieder, wenn Aileen auf die Toilette geht, wird es für kurze Zeit hell in seinem Gefängnis und kurze Zeit später ist es dann auch wieder still und dunkel um ihm herum. Ein fieser Gestank macht sich breit und Deans Glieder sind von Blut verklebt. Endlich, nach einem Tag merkt er, wie er mit der Binde angehoben wird. Er hört, wie das Klebeband von seinem Ausgang entfernt wird.

»So, mein Süßer, nun kannst du wieder herauskommen«, vernimmt er Aileens Stimme und kurz hört er, wie sich ein Deckel schließt und es ist wieder dunkel um ihn. Dean kriecht zum Schlitz der Binde und klettert endlich hinaus. Er rutscht etwas in die Tiefe und hat endlich festen Boden unter den Füßen.

»Wo bin ich hier?«

Mit seinen Händen wischt er sich durch das Gesicht und fühlt dann um sich herum. Eine Menge Gegenstände fühlt er. Als er einen langen Stab fasst, bemerkt er wenig später, dass dies ein Ohrenstäbchen ist.

Nun ist ihm klar, wo er sich befindet. Aileen hat ihn im Badezimmer in die kleine Mülltonne geschmissen.

»Hilfe! Holt mich hier raus! Ich kann nicht mehr.«

Hilflos steht er auf den Eimerboden, seinen Rücken an die Eimerwand gedrückt und niemand lässt sich blicken, um ihn aus dem Mülleimer zu holen. Es dauert einige Zeit, bis sich der Deckel der Mülltonne erhebt und Tageslicht in die Tonne fällt. Dean muss die Augen zukneifen, seine Augen müssen sich erst langsam wieder an das Licht gewöhnen.

Er schaut direkt in das lachende Gesicht von Sarah.

»Igitt, du siehst aber eklig aus, Dean!«

Sarah zieht ihn aus der Mülltonne und setzt ihn ins Waschbecken. Deans Körper ist blutverschmiert und es kleben einige Haare und Watte an ihm. Er sitzt mit seinem Hintern auf das Sieb des Abflusses und Sarah dreht den Wasserhahn auf. Sie nimmt einen Waschlappen, eine Menge Flüssigseife und reinigt ihn vorsichtig.

»Dann will ich mal unseren Gnom säubern, damit wir dich wieder anfassen können, haha!«

Dean ist erleichtert, als das ganze Blut abgewaschen ist und er wieder einen vernünftigen Duft in der Nase hat.

»Das war eine große Sauerei von euch«, schnauzt er Sarah an.

»Da habe ich nichts mit zu tun, bedanke dich bei deiner lieben Gattin.«

Grinsend trocknet sie Dean ab und bringt ihn wieder ins Wohnzimmer, wo sie ihn auf den Tisch setzt. Aileen nähert sich mit ihrem Finger Deans Genitalbereich und krault seinen winzigen Penis.

»Na mein Liebling, hat es dir gefallen, einen ganzen Tag in meiner Blutlache zu verbringen?«

Dean dreht sich von ihr ab und schmollt vor sich hin.

»Hoffentlich sitzt du bald wieder und schaust mich an, ich will dich kraulen, oder willst du wieder einen Tag in einer Damenbinde verbringen?«

Schnell setzt sich Dean wieder hin und schaut Aileen an. Sie spreizt seine Beine und fährt fort mit ihrer Kraulerei.

»Geht doch«, erfreut sie sich bei Deans Anblick.

»Das war fies von dir, Aileen, ich bekam fast keine Luft in der Binde und wäre fast gestorben.«

»Wenn du nicht bald wieder groß wirst, wirst du auch bald sterben, was sollen wir noch mit dir?«

Dean wird leichenblass und sein Körper zittert.

»Vielleicht werde ich dich bald einfach zertreten, oder einfach herunterschlucken, haha!«

Aileen zieht ihren Finger zurück und Dean fängt an zu weinen.

»Sarah, sieh dir das an, der Kerl weint.«

Sarah schaut genau hin und nickt. »Niedlich, sieht ja richtig süß aus.«

Aileen stupst Dean mit dem Finger an und er fällt auf den Rücken. »So viele Tränen habe ich wegen dir vergossen, Dean, da interessiert mich dein Geheule jetzt herzlich wenig.« Aileen erhebt sich und schaut aus dem Fenster. »Was ein Sauwetter heute, es soll den ganzen Tag nur regnen, aber ich muss noch einkaufen.«

Sie geht ins Schlafzimmer und zieht sich an. Mit einem gelben Regenmantel erscheint sie wieder im Wohnzimmer. Aileen öffnet die Seitentasche ihres Regenmantels, fasst Dean und steckt ihn in die gummierte Tasche und verschließt sie mit dem eingenähten Reißverschluss.

»Du darfst mich begleiten, mein Kleiner.«

Dean steht nackt in der tiefen Seitentasche und fällt wenig später auf seinen Hintern, weil Aileen aus dem Haus stampft. Immer wieder stellt sich Dean hin und versucht, den Reißverschluss der Tasche mit seinen Händen zu erreichen, doch er ist nicht groß genug. Er setzt sich wieder hin und wird durch Aileens Gang reichlich durchgeschüttelt. Als Aileen wieder mit Sarah redet, weiß er, dass er wieder zuhause ist.

Aileen zieht sich ihren Regenmantel wieder aus und hängt ihn in den Schrank, ohne Dean aus der Tasche zu befreien. In der Tasche ist es warm und Dean ruft, damit ihn jemand herausholt. Wieder kümmert sich niemand um ihn und er ist klitschnass geschwitzt und liegt in seinem eigenen Saft. Kein Lüftchen gelangt in die Tasche, in der er gefangen ist.

Im Inneren der Seitentasche des Regenmantels steigt die Hitze und Jack bekommt Durst. Sein Mund ist völlig ausgetrocknet und er schreit um Hilfe. Erst am späten Abend wird er erlöst und Aileen öffnet den Reißverschluss der Tasche und zieht den schweißgebadeten Dean heraus. Sie legt ihre Hand auf den Wohnzimmertisch und Dean gleitet hinunter. Er kniet sich auf den Tisch und bittet um etwas zu trinken.

Sarah und Aileen schauen sich seinen vor Schweiß glänzenden Körper an und lachen laut.

»Was bekommen wir denn von dir, wenn wir dir etwas zu trinken geben, du kleiner Wicht?«

»Was kann ich euch geben? Ich habe doch nichts. Bitte gebt mir etwas zu trinken.«

»Dean, du bist langweilig«, meckert Sarah und lehnt sich auf dem Sofa zurück. Auch Aileen verzieht ihr Gesicht und fängt an zu meckern.

»Sarah hat Recht, mit dir ist nichts mehr anzufangen, wir sollten dich allmählich entsorgen, da wir keine Verwendung mehr für dich haben.«

Dean stellt sich auf den Tisch und zittert vor Angst. »Bitte nicht, ich mache doch alles, was ihr von mir verlangt.«

Aileen erhebt sich und geht in die Küche. Kurze Zeit später kommt sie mit einem Mülleimer, indem ein Müllbeutel befestigt ist, wieder. Sie fasst Dean und setzt ihn in den Müllbeutel.

»In diesem Müllbeutel werden wir dich entsorgen. Wir werden in diesem Mülleimer so lange unsere Taschentücher werfen, bis der Beutel gefüllt ist, dann werde ich diesen zubinden und in irgendeinen Müllcontainer schmeißen, dann war es das für dich.«

Sarah nickt begeistert und lächelt.

»Ja, das ist eine geniale Idee und der richtige Abgang für deinen lieben Gatten, Aileen.«

Aileen stellt den Mülleimer wieder in der Küche in einen Schrank und schließt die Schranktüre. Dean versucht, im Dunkeln des Schranks, die Mülltüte zu zerreißen, doch die Plastikfolie ist zu stabil. Er versucht, an dem Müllbeutel hochzuklettern, doch er schafft es nicht, da er immer wieder an der glatten Folie herunterrutscht. Hin und wieder öffnet sich die Schranktüre und ein Taschentuch wird in den Müllbeutel geschmissen. Jedes Mal, wenn sich die Schranktüre öffnet, fleht er Sarah und Aileen an, ihren Plan noch einmal zu überdenken, aber eine Antwort bekommt er nie. Nach gefühlten zwei Tagen ist Dean von Taschentüchern begraben und er bemerkt, dass der Müllbeutel aus dem Mülleimer geholt wird. Durch die durchsichtige Folie sieht er, dass Aileen den Müllbeutel feste zuknotet und diesen auf den Boden stellt. Vor lauter Panik versucht Dean wieder, die Folie irgendwie einzureißen, doch als Winzling fehlt ihm die Kraft. Er sieht, wie sich Aileen den Müllbeutel schnappt und wenig später liegt er auch schon im Kofferraum von Aileens Wagen.

Aileen fährt in ein nahegelegenes Industriegebiet, holt den Müllbeutel aus dem Kofferraum und schmeißt ihn im hohen Bogen in einen großen Müllcontainer und fährt wieder nach Hause.

Dean kann es nicht glauben, er liegt in einem riesigen Müllcontainer und ist in einem Müllbeutel gefangen. Er schaut durch die Folie und sieht überall nur Müllbeutel. Dean weint und jammert. Schreiend entschuldigt er sich dafür, wie er seine Frau behandelt hat, als er noch seine normale Größe hatte. Schreiend bittet er nochmal um Verzeihung und ihm wird schwarz vor Augen, da in dem Müllbeutel, indem er sich befindet, der Sauerstoff schwindet. Jeder Knochen schmerzt ihm und der ganze Müll presst gegen seinen Körper. Dean muss schreien vor Schmerzen.

Als er seine Augen wieder öffnet, kann er es nicht glauben, er hat seine normale Größe wieder und sein Körper ist mit Müll bedeckt. Dean stellt sich hin und schaut zur Containeröffnung. Er ist glücklich, dass er noch lebt und wieder normal ist. Dean will nur noch schnell nach Hause und von nun an, seine Aileen lieben und ehren. Niemals mehr würde er seine Frau mies behandeln, denn dieses Leben als Winzling hat ihm gereicht.